हर चेहरे पर होता है एक

नकाब

<u>लेखक एवं संपादक</u>
मृत्युंजय पोद्दार

Follow Us :-

1. Instagram (I) :- Nayay_Rakshak
                (II) :- Mritunjay_Books_Universe
2. Facebook Page (I) :- Mritunjay Poddar
                (II) :- Counselling Guru
3. YouTube :- @MritunjayPoddar.Bestseller
4. bestsellingauthor.mjpoddar@gmail.com

सच कड़वा होता है, मगर सच होता है।
सच बेजुबान होता है, मगर सच होता है।
सच खामोश होता है, मगर फिर भी सच होता है।
वह सच जो किसी ने आज तक नहीं सुनी है, वह सच अब हर कोई पढ़ेगा।

यूं तो एक आम कहावत बेहद प्रचलित है कि चेहरा इंसान की नीयत का दर्पण होता है, लेकिन कभी-कभी यही चेहरा इंसान की नीयत की झूठी अक्स दिखा देती है।

भारत के जाने-माने लेखक मृत्युंजय पोद्दार पेश करते हैं, सत्य घटना पर आधारित सच को बयां करती एक सच्ची दास्तां। पढ़िए, साइबर अपराध पर आधारित मुंबई की गोरेगांव वेस्ट की रहनेवाली एक जानी-मानी धारावाहिक और वेब सीरीज अभिनेत्री द्वारा अंजाम दिये गए अपराध की सच्ची घटना -

हर चेहरे पर होता है एक

नकाब

<u>लेखक की कलम से</u>

किसी भी कहानी का जन्म एक सच्ची घटना से होती है। अक्सर ऐसी सच्ची घटनाएं किसी न किसी कारण बस दबकर रह जाती है। या फिर अन्याय की अधिकता के वजह से भी ऐसी घटनाओं का जिक्र ही नहीं किया जाता है। जिस घटना को मैं यहां बयां करने जा रहा हूं, यह घटना भी एक सच्ची घटना है और यह एक ऐसी घटना थी, जो अमानवीयता की पराकाष्ठा पर पहुंच चुकी थी। कभी-कभी कमजोर न्यायप्रणाली की वजह से भी पीड़ित व्यक्ति को इंसाफ नहीं मिल पाता है और कभी-कभी पक्षपात किये जाने की वजह से भी पीड़ित व्यक्ति को इंसाफ नहीं मिल पाता है। बड़े ही अफसोस के साथ कहना पड़ता है कि कहीं न कहीं आज भी हमारे भारत में अंग्रेजों के शासन काल का असर बना हुआ है। भारत का अपना संविधान होने के बावजूद और अपनी न्याय व्यवस्था होने के बावजूद बहुत ही कम लोगों को सही मायने में न्याय मिल पाता है, या फिर न्याय मिलता ही नहीं है। इसका कारण है पैसा, पावर और पक्षपात का बोलबाला होना। यह सच्ची घटना हमारे भारत के कमजोर कानून व्यवस्था और लचर न्यायप्रणाली पर सवाल भी खड़ा करता है। साथ ही, इस घटना से यह भी पता चलता है कि अपराध करने वाला अपराधी ही होता है, न कि एक स्त्री और न ही एक पुरुष। यह एक ऐसी सच्ची घटना है, जो समाज के सभी महिलाओं की चरित्र को कलंकित कर देती है। यह एक ऐसी सच्ची घटना है, जो हर स्त्री के गरिमा और सम्मान को भी बुरी तरह से ठेस पहुंचाती है। यह एक ऐसी घटना है, जिसमें अपराधी ने सोशल मीडिया का इस्तेमाल पैसों की धोखाधड़ी करने और पीड़ित व्यक्ति की छवि को धूमिल करने के लिए किया था। अपराध करने वाला कोई साधारण इंसान नहीं था, वो एक पढ़ी-लिखी अभिनेत्री थी। इस घटना ने पूरे समाज के इंसानियत को बदनाम करने के साथ-साथ, भगवान के अस्तित्व पर भी सवाल उठा दिया था। यह एक ऐसी घटना थी, जिसने सितारों के शहर महानगर मुंबई में रहनेवाले नामचीन सितारों की चमक को भी फीका कर दिया था। यह एक ऐसी अभिनेत्री के अंजाम दिए हुए अपराध की घटना थी, जिसके पूजा घर में **10-12** भगवान के फोटो रखें हुए थे। क्या आपको पता है, इस दुनिया में सबसे बड़ा पाप क्या है ? किसी के चरित्र पर सार्वजनिक रूप से अपना पक्ष रखना सबसे बड़ा पाप होता है। बड़े ही अफसोस के साथ मुझे यह कहना पड़ रहा है कि मैं भी ऐसे ही एक महापाप का भागी बनने जा रहा हूं।   - मृत्युंजय पोद्दार (लेखक)

महाभारत की लड़ाई शुरू होने से पहले अर्जुन ने श्रीकृष्ण जी से कहा - " वासुदेव, यह महाभारत नहीं होना चाहिए। क्योंकि अगर यह महाभारत आज शुरू हो गई, तो भविष्य में जब-जब भी अपनों के बीच लड़ाई होगा, तब-तब एक नये महाभारत का जन्म होगा "

अर्जुन की बात सुनकर श्रीकृष्ण जी भावुक हो गए और उन्होंने अर्जुन से कहा - " पार्थ, ना तुम यह चाहते हो कि यह लड़ाई शुरू होनी चाहिए और ना मैं यह चाहता हूं कि यह लड़ाई लड़ी जानी चाहिए। लेकिन यह लड़ाई लड़ी जानी आवश्यक है, सत्य की रक्षा के लिए यह लड़ाई लड़ा जाना अति-आवश्यक है। समाज में यह संदेश देना भी जरूरी हो जाता है कि कोई भी व्यक्ति कमजोर नहीं होता है। अगर कोई इंसान सादगी और शालीनता का परिचय दे रहा है, तो इसका मतलब यह नहीं है कि वह इंसान कमजोर है या दुर्बल है "

अर्जुन ने उत्सुकतावश श्रीकृष्ण जी से पूछा - " क्या समय आने पर ऐसे महाभारत को रोका नहीं जा सकता है ? "

तब श्रीकृष्ण जी ने जवाब दिया - " अवश्य रोका जा सकता है। अगर कोई व्यक्ति चाहे वह कमजोर हो या ताकतवर, अगर आपस में बैठकर आपसी सहमति से अपनी गलतफहमियां दूर करने का प्रयास करते हैं और अपने विचार साझा करते हैं, तो इस प्रकार एक नये महाभारत को जन्म देने से रोका जा सकता है। लेकिन आने वाले समय में, कलयुग में, लोगों में ज्ञान होने के बावजूद वह अज्ञानता वाले कार्य करेंगे और हर रोज दुनिया के अलग-अलग हिस्सों में एक नया महाभारत जन्म लेगा "

गुलराज टॉवर, जो मुंबई के गोरेगांव वेस्ट में स्थित है। बारिश के दिनों में आस-पास की सड़कों पर इतना कीचड़ फैल जाता है कि लोगों का सड़क पर चलना तक मुश्किल हो जाता है। गुलराज टॉवर से लेकर आस-पास के इमारतों में एक जाली बांधा गया है और ऊपर के मंजिलों में मौजूद लोग ऊपर से अपने पुराने कपड़े नीचे की ओर फेंकते हैं। गनीमत है, कि ढेर सारी कपड़ों के वजन से झुकी वह जाल वैसे की वैसे ही टिकी हुई है और अगर वो जाल किसी प्रकार से फट गई, तो सारे कपड़ों की ढेर बीचों-बीच सड़क पर ही बिखर जायेगी। वैसे तो तंग गली में मौजूद यह बहुमंजिला टॉवर काफी हद तक अच्छे लोगों से भरा हुआ है और इसी बहुमंजिला टॉवर के कमरा नंबर - 2012 में रहती हैं एक खूबसूरत हसीना। यूं तो एक आम कहावत बेहद प्रचलित है कि चेहरा इंसान की नीयत का दर्पण होता है, लेकिन कभी-कभी यही चेहरा इंसान की नीयत की झूठी अक्स दिखा देती है। चेहरे से मासूम-सी दिखने वाली वो हसीना नीयत की बिल्कुल भी अच्छी नहीं थी, क्योंकि वह अपनी खूबसूरती से और रसीले बातों से लोगों को लूटने का काम करती थी, उनकी जिंदगी बर्बाद करने का काम करती थी। खैर, उस हसीना के बारे में विस्तार से जानने के लिए आपको पहले मेरी कहानी पढ़नी होगी। मेरी संघर्ष की वो कहानी, जो कहीं न कहीं आपके दिल को झकझोर देंगी और सोचने पर बाध्य कर देंगी कि कैसे एक 75 प्रतिशत विकलांग व्यक्ति इतनी चुनौतियों का सामना कर सकता है। मैं कौन था ? कहां से आया था और अपने घर से 41 किलोमीटर दूर जमशेदपुर शहर में कैसे अकेले फुटपाथ पर रहकर रातें गुजारा करता था ? वो खूबसूरत हसीना कौन थी ? वो कैसे लोगों को ठगने का काम करती थी ? मेरी पहली मुंबई यात्रा कैसी थी ? उस हसीना से मेरी मुलाकात कैसे और किन परिस्थितियों में हुई ? इस पुस्तक को लिखने की मेरी क्या मंशा थी और किन हालातों में मैंने इस पुस्तक को लिखा है ? इन सारे सवालों का जवाब आपको इस पुस्तक को पढ़कर पता चलेगा। यह सबकुछ जानने के लिए आपको मेरी कहानी शुरू से पढ़नी होगी......................!

बचपन से ही मुझे कार्टून फिल्में देखना, सुपरहीरो वाली धारावाहिक देखना और हॉरर फिल्में देखने का बड़ा शौक था। शायद, इसीलिए मेरे मन में धीरे-धीरे कहानियां लिखने का शौक चढ़ने लगा था। कारण, यह भी था कि जब भी मैं किसी धारावाहिक या फिल्म का अंतिम दृश्य देखता था, तब मेरे मन में यही ख्याल आता था कि अगर मैं इस कहानी को लिख पाता, तो यह और भी ज्यादा मनोरंजक हो सकता था। मैं इसी कारण से सामाचार पत्रिकाओं को एकत्रित करके रखता था, साथ ही उनका अध्ययन भी करता था। लेकिन उसके बाद बचपन में ही मां के गुजरने पर मेरी पढ़ाई-लिखाई में बहुत बाधाएं आईं। एक दिन मेरे द्वारा एकत्रित किए गए सामाचार पत्रिकाओं को मेरे बड़े भाई-बहन ने मिलकर लकड़ी के चूल्हे में जला दिया। क्योंकि उस समय हमारे घर में खाना बनाने के लिए लकड़ी के चूल्हे का इस्तेमाल किया जाता था। उन्हीं सामाचार पत्रिकाओं में एक कॉपी भी था, जिसमें मेरा खुद का लिखा हुआ कहानी था और वह भी सामाचार पत्रिकाओं के साथ चूल्हे में जलकर राख हो गया था। मेरी सारी मेहनत बेकार

हो चुकी थी और इसके बावजूद मैंने यह सोचा कि शायद अभी मेरे कहानी लिखने का सही समय नहीं आया है। सच कहूं, तो मेरे द्वारा कहानी लिखने पर घर में बड़े भाई-बहन मुझे ताने मारते थे। खासकर, मेरा मंझला भाई तो यह कहकर मुझे अक्सर ताने मारा करता था कि लेखक को कुत्ता भी नहीं पूछता है। इसीलिए मैंने करीब 10 वर्षों तक लिखना बंद कर दिया था। शायद, इसका एक कारण यह भी था कि मेरे घरवालों की कही हुई बातों ने मुझपर कुछ ज्यादा ही प्रभाव डाल दिया था। शारीरिक रूप से 75 प्रतिशत विकलांग होने की वजह से परिवार के लोगों द्वारा अक्सर मेरे साथ पक्षपात किया जाता था और इसकी वजह से मैं जैसे-तैसे 10वीं की पढ़ाई कर पाया। तब मेरे पिताजी ने मुझे घर पर एक दुकान खोलने की सलाह दी और मात्र 10 हजार रुपए से अपने घर पर बिस्कुट और चनाचूर की दुकान शुरू किया। यह 10 हजार रुपए वो पैसे थे, जो मुझे विकलांग पेंशन योजना के तौर पर हर महीने 1 हजार रुपए सरकार से मिलते थे। दुकानघर इतनी छोटी थी कि उसमें पलंग रखने की जगह तक नहीं थी और इसीलिए दिन भर दुकान देखने के बाद रात को मुझे जमीन पर ही बिस्तर लगाकर सोना पड़ता था। यह दुकान मैंने 2015 में अपने घर पर ही शुरू किया था, 1 साल तक लगातार दुकान चलाने पर मुझे 2016 में बैंक से 30 हजार रुपए का पहला लोन मिला था। लेकिन लोन के अधिकांश हिस्से का पैसा दुकान घर की मरम्मत कार्य में ही खर्च हो गया था। क्योंकि दुकान के एक हिस्से में दीवार नहीं होने की वजह से बरसात के मौसम में बारिश का सारा पानी दुकान के अंदर घुस जाता था और उसी दीवार की मरम्मती में लोन का अधिकांश पैसा खर्च हो गया था। फिर 1 साल तक जैसे-तैसे गुजार कर पुराने 30 हजार रुपए के लोन को चुकाने के बाद 2017 में मुझे अपने बैंक से 50 हजार रुपए का लोन मिल गया। तब मैंने सबसे पहले एक मोबाइल खरीदा - मोटोरोला मोटो सी प्लस। उस मोबाइल की कीमत थी - 6 हजार 500 रूपए और वह मोबाइल दिनांक 27 जनवरी 2025 को साकची स्थित शेल्टर होम से चोरी हो गया था। मैं इस शेल्टर होम में अस्थाई रूप से ठंड का मौसम बिताने के लिए रहा करता था। हालांकि, दिनांक 27/01/2025 को यह मोबाइल छायानगर आश्रय गृह (जमशेदपुर) से उस वक्त चोरी हो गया था, जब बुखार आने की वजह से मैं सो गया था। क्योंकि यह मोबाइल मैंने अपनी मेहनत से खरीदी थी और इसीलिए यह मेरे दिल से जुड़ा हुआ था। मैं लोन के पैसे से उस समय एक लैपटॉप इसीलिए नहीं खरीद सका, क्योंकि मैं ब्रांड न्यू लेटेस्ट लांच लैपटॉप खरीदना चाहता था। ताकि, वो लैपटॉप लंबे समय तक टिक सकें और पुराने लैपटॉप की तो गारंटी नहीं होती है। चूंकि, मोबाइल का इस्तेमाल करना भी ज्यादा आसान होता है और इसीलिए रात को सोते समय बिस्तर पर लेटे-लेटे ही मैं अपनी मोबाइल पर कहानियां लिखा करता था। क्योंकि मुझे कलम और कागज पर हाथ से लिखने की आदत नहीं थी और कंप्यूटर खरीदने के लिए मेरे पास पैसे नहीं थे। किसी से मदद लेना भी मेरी आदत में नहीं था और मुझे जो भी करना था, अपने बलबूते पर ही करना था। आप इसे मेरा अहंकार समझिये या कुछ और, लेकिन मैं अपने आप में बहुत ज्यादा अभिमानी था। उस समय मेरे घर का माहौल भी बिल्कुल ठीक नहीं था, न तो मुझे टाइम पर खाना मिलता था और न ही कोई सहयोग। दुकान चलाने का मेरा

एक ही मकसद था, ताकि मैं अपनी लिखी हुई पुस्तक को प्रकाशित कर सकूं। उस वक्त मैंने 5 पुस्तकें लिखी थी, 3 हिंदी में और 2 अंग्रेजी में। जिसका शीर्षक इस प्रकार था - नवज्ञान, नवज्ञान 2, लव रिवॉल्यूशन, 100 रूपए टिप मनी और नो स्मोकिंग। आमतौर पर, आप सभी ने देखा होगा कि अधिकतर लोग अपने स्मार्टफोन का इस्तेमाल टाइमपास करने के लिए करते हैं। खासकर, आजकल की युवा पीढ़ी जल्दी पैसे कमाने के चक्कर में ऑनलाइन सट्टा खेलने के लिए स्मार्टफोन का इस्तेमाल कर रहे हैं और बच्चे गेम्स खेलने के लिए स्मार्टफोन का इस्तेमाल करते हैं। लेकिन मैं अपनी बजट फोन का इस्तेमाल प्रोफेशनल कामों के लिए कर रहा था। गूगल डॉक्स ऐप्स पर कहानियां लिखना, फिर उसे पीडीएफ फाइल में बदलना, पीडीएफ फाइल की साइज को रिसाइज करना, पुस्तक की कवर डिजाइन और इमेज की रिजॉल्यूशन या पिक्सल को बढ़ाना जैसे सभी प्रोफेशनल कार्य मैं अपनी साधारण-सी 6,500 रूपए की बजट मोबाइल पर ही किया करता था। अक्सर आपने कई लोगों को शिकायतें करते सुना होगा कि मेरे पिता ने मेरे लिए रखा ही क्या है। मेरे पास लाखों-करोड़ो रूपए होते, तब मैं क्या नहीं कर सकता था। लेकिन ऐसा ख्याल मेरे मन में कभी नहीं आया। क्योंकि मैं यह मानता था कि एक माता-पिता अपनी संतान को खुद के पैरों पर खड़ा होना सिखाते हैं और उसे अपने पैरों पर चलना सिखाते है, क्या उस संतान के लिए इतना काफी नहीं है। माना कि मैं शारीरिक रूप से 75 प्रतिशत विकलांग था और अपने खुद के बलबूते कुछ भी कर पाना मेरे लिए असंभव था। लेकिन इसके बावजूद मुझमें बुध्दिबल और आत्मबल कूट-कूट कर भरा हुआ था और साथ ही मेरी ग्रहण शक्ति भी तीव्र थी, यानी कि कुछ भी सीखना मेरे लिए मिनटों का काम था। इस सबके अलावा मुझमें संयम भी काफी था। जिस प्रकार भूसे के एक बड़े ढेर को जलाकर राख करने में एक हल्की-सी चिंगारी भी थोड़ा समय लगाती है, ठीक उसी प्रकार किसी भी इंसान की कठोर परिश्रम का सुखद परिणाम को दिखने में भी समय लगता है। लेकिन यह बात मैं अपने घरवालों को कैसे समझा पाता और खासकर, अपने पिता को तो बिल्कुल भी समझा नहीं सकता था। मैंने अपने जीवन में एक महत्वपूर्ण बात जरूर सीखा है और वो भी बहुत देर से सीखा है।

क्योंकि जब से मैंने होश संभाला है, तब से वह बात सीखने में मुझे 28 साल लग गए थे और वो महत्वपूर्ण बात यह थी कि हर इंसान को अपने जीवन में आगे बढ़ने के लिए एक सच्चे मार्गदर्शक की आवश्यकता होती है। एक संतान के लिए उसके माता-पिता ही सच्चे मार्गदर्शक होते हैं और वह भी तब, जब वो खुद जागरूक और समझदार हो। लेकिन मेरे लिए मैं खुद ही अपना मार्गदर्शक था।

परिस्थिति चाहे जैसी भी हो, लेकिन मैं हर परिस्थिति में संयमित रहकर उसका सामना करता था। मेरा अपना एक उसूल था कि मैं किसी का उधार बाकी नहीं रखता था, न किसी के पैसों का, न ही एहसान का और ना ही सम्मान का। क्योंकि मनुष्य का जीवन भी ईश्वर का दिया हुआ एक ऋण के समान है और यह ऋण मनुष्य को अपने नेक

कर्मों के जरिए चुकाने पड़ते हैं। इसीलिए हमें अपने जीवन में जो कुछ भी हासिल करना है, वह सबकुछ हमें अपनी मेहनत और अपनी काबिलियत से हासिल करना है।

मेरा चरित्र बिल्कुल पानी की तरह साफ था, ताकि मुझे समझने में किसी को भी ज्यादा समय न लगे। मेरे इसी स्वभाव की वजह से लोग अपनी निजी बातें मुझसे बेझिझक साझा करते थे और मैं बिना किसी के निजी बातों को किसी दूसरे व्यक्ति से साझा किए, सबको सही सलाह देता था। खैर, अपने सभी पुस्तकों को मैंने खुद ही डिजाइन करके बिल्कुल मुफ्त में ऑनलाइन नोशन प्रेस (www.notionpress.com) से प्रकाशित कराया। लेकिन इसका मुझे कोई भी फायदा नहीं हुआ और न ही मेरी पुस्तकें बहुत ज्यादा बिकी थी, जबकि मैंने खुद फेसबुक और इंस्टाग्राम पर पैसा खर्च करके विज्ञापन भी किया था। क्योंकि मुझे ऐसा लगता था कि शायद मुफ्त में अपनी पुस्तक को प्रकाशित कराने की वजह से मेरी पुस्तकें बिक नहीं रही है और इसीलिए मैंने पैसे खर्च कर अपनी अगली पुस्तक को प्रकाशित करने का फैसला लिया। घरवालों का टेंशन, पिता के हर महीने की दवाइयों का टेंशन, दुकानदारी में ग्राहकों का टेंशन, बिजली बिल से लेकर सभी जरूरी बिल भरने का टेंशन, समय पर खाना न मिलने का टेंशन और सबसे बड़ी टेंशन इस बात की थी कि घर को अच्छे से बनाना है। क्योंकि हमारा घर टूटा-फूटा था और बारिश के दिनों में काफी दिक्कतों का सामना करना पड़ता था। कोई मुझसे यह कहने वाला भी नहीं था कि मैं संयमित रहकर अपने लक्ष्य को हासिल करने का प्रयास करूं, अपने जीवन में आगे बढ़ने का प्रयास करूं और मेरे परिवार वाले मुझसे यह कहें कि वे मेरी हर जरूरतों को पूरा करने के लिए तत्पर है। इतनी सारी समस्याओं से उलझे रहने की वजह से दुकान चलाते हुए भी मैं अपनी पुस्तक को प्रकाशित करने के लिए पैसे जमा नहीं कर पा रहा था। क्योंकि मेरे घर में 2 चुल्हा जलता था और अपने घर के सभी जरूरी खर्चे मुझे ही उठाने पड़ते थे। यहां तक कि मुझे अपने पिताजी के लिए हर महीने दवाईयां भी खरीदनी पड़ती थी, क्योंकि मेरे पिताजी का हार्ट सर्जरी हुआ था और डॉक्टर ने मेरे पिताजी को पूरी जिंदगी दवाईयां खाने को कहा था। आखिर, अपने परिवार का सदस्य होने के नाते मैं अपनी जिम्मेदारियों से भागना नहीं चाहता था। कहते हैं कि जो घर का बड़ा बेटा या बड़ा भाई होता है, उसे सभी जिम्मेदारियां उठाना पड़ता है। लेकिन मैं अपने घर का सबसे छोटा सदस्य होते हुए भी बड़ों का दायित्व संभाल रहा था।

वो कहते हैं ना कि सच्चा कर्म इंसान को महान बनाता है, सच्चा कर्म इंसान को ईश्वर के समान बनाता है। जो व्यक्ति अपने गृहस्थ जीवन को जीते हुए अपने कर्म करता है और सबके सुख-दुख का ध्यान रखता है, वह अपने आप में महान होता है।

मगर दिन-प्रतिदिन बदलते हुए पारिवारिक माहौल से मेरे मान-सम्मान को लगातार ठेस पहुंच रहा था, कभी परिवार की सदस्यों की बातों से और कभी उनके द्वारा मेरे प्रति किये गए व्यवहार से। मेरा मानना था कि इंसान बिना खायें-पियें रह सकता है,

मगर बिना सम्मान के एक क्षण भी नहीं रह सकता है और कम से कम मैं तो बिल्कुल भी नहीं। सच कहूं, तो मेरे घर का माहौल इतना ज्यादा प्रदूषित हो चुका था कि उस माहौल में मेरा दम घुटने लगा था। यही से मेरे जीवन में भी बदलाव आना शुरू हो गया था, यानी कि मेरे जीवन में मुसीबतों का एक भयंकर दौर शुरू हो चुका था। अपनी जिंदगी की एक लंबी प्रतीक्षा करने के बाद वह समय आ गया था, जब मुझे बैंक ऑफ इंडिया से 2 लाख रुपए लोन मिलें थे और अब मुझे लगने लगा था कि मैं अब अपनी लिखी हुई पुस्तक को पैसा देकर प्रकाशित कर सकता हूं। लेकिन मेरे सपनों पर एक बार फिर से पानी फिर गया था। क्योंकि बैंक की ओर से लोन का सारा पैसा उन दुकानदारों को दिया गया था, जिनसे मुझे अपने दुकान के लिए सामान खरीदना था। लोन के रूप में मिले 2 लाख रुपए से मुझे अपनी राशन दुकान के लिए सामान खरीदना पड़ा, अपने लिए सिर्फ मैं एक लैपटॉप और प्रिंटर ही खरीद सका था। मेरे हाथ में 1 रूपया भी नगद नहीं बचा था और तब जबकि मेरा क्रेडिट स्कोर 765 था, तो इसलिए मैंने एक प्राइवेट फाइनेंस कंपनी लैंडिंगकार्ट फाइनेंस लिमिटेड से 1,72,000 रूपए का लोन लिया, 22 प्रतिशत सालाना ब्याज दर पर। ताकि, मैं अपनी लिखी हुई पुस्तक को प्रकाशित कर सकूं। लेकिन इससे मेरे महीने की ईएमआई 13 हजार रुपए हो चुकी थी। लोन राशि कम होने की वजह से मैं इस राशि का भी उपयोग नहीं कर पा रहा था और ऊपर से महीने की भारी-भरकम किश्त चुकाने में भी समस्या आने लगी थी। तब जाकर मैंने एक बार फिर से तीसरे लोन का अप्लाई किया और फिर मुझे आई.आई.एफ.एल फाइनेंस लिमिटेड से 3 लाख 35 हजार रुपए लोन के रूप में प्राप्त हुए। 35 हजार रुपए इंश्योरेंस के काटने के बाद मुझे 3 लाख रुपए नगद राशि बैंक अकांउट पर दिया गया था। इस लोन के तहत मुझे इसका महीने का किश्त 13,857 रूपए देना पड़ता था और इसीलिए तब मैंने 40 हजार रूपए अपने खाते में छोड़ दिए, ताकि अगले 3 महीने की किश्त मैं आसानी से चुका सकूं। फिर मैंने अपनी वह लोन राशि की 2 लाख रुपए, जो मुझे दुकान चलाने के लिए लैंडिंगकार्ट फाइनेंस की ओर से मिला था और उसकी बची हुई शेष राशि थी 1 लाख 62 हजार रुपए। मैंने अपनी नये लोन की धनराशि से लैंडिंगकार्ट फाइनेंस लिमिटेड के लोन के बचे हुए 1 लाख 62 हजार रुपए चुका दिए। ताकि, मुझ पर लोन के किश्तों का ज्यादा दबाव न पड़े। अब मेरे पास सिर्फ 98 हजार रुपए बच गए थे और फिर मैंने 29 हजार रुपए का निवेश कर नोशन प्रेस चेन्नई से अपनी लिखी हुई पुस्तक - मां कहानी एक समर्पण की, को प्रकाशित कराया। मां - कहानी एक समर्पण की, को मैंने भारत में कोरोनाकाल के दौरान लगाये गए लॉकडाउन में अपने घर पर रहकर लिखा था और वो भी मात्र 7 दिन में पूरी कहानी को लिखकर तैयार कर लिया था। इस कहानी के जरिए मैंने डॉक्टर रितिका चौहान जैसी एक सशक्त किरदार को गढ़ा था, ताकि उस किरदार के माध्यम से मैं अपनी खुद के विचारों को व्यक्त कर सकूं। अगर मैं खुद एक बेटी का पिता होता, तो मैं किसी भी विपरीत परिस्थितियों में उसे कैसे प्रोत्साहित करता और उसे क्या शिक्षा दे सकता था। यही बात बताने के लिए मैंने रितिका का किरदार गढ़ा था।

अभिभावक को अंग्रेजी में गार्जियन कहते हैं और गार्जियन का अर्थ होता है गाइड करना। तानाशाही करने वाले अभिभावक को कभी भी गार्जियन का दर्जा नहीं दिया जा सकता है। क्योंकि जो अभिभावक अपने बच्चों को ही समझ न सके, वो क्या ही अपने बच्चों को गाइड करेगा और वह कैसे एक सक्षम गार्जियन कहलाएगा। मेरे इसी सोच ने डॉक्टर रितिका चौहान की किरदार को जन्म दिया था, अगर सरल शब्दों में कहूं तो रितिका चौहान मेरी ही फिमेल वर्जन थी। जज्बात, अनुशासन, विश्वास, प्रेम और एक अद्भुत मार्गदर्शक की प्रतिमूर्ति थी - डॉक्टर रितिका चौहान।

चुंकि, मेरा कहानी लिखने का अपना तरीका भी थोड़ा अतरंगी होता है और इसीलिए मैं चाहता था कि जो भी मेरे पुस्तक का विज्ञापन करें, वह पहले मेरी लिखी हुई पूरी पुस्तक को पढ़कर समझने का प्रयास करें। खैर, मेरी पुस्तक पूरी तरह से तैयार थी और इसीलिए अब मैं उसका सोशल मीडिया पर विज्ञापन कराने की सोच रहा था। उस वक्त मैं अपनी घर से बाहर बिल्कुल भी नहीं निकलता था। क्योंकि बिना किसी के सहयोग के मैं अपने घर के बाहर जा ही नहीं सकता था। मेरे तीनों बड़े भाई भी मेरे प्रति हमेशा रूखा व्यवहार अपनाया करते थे और वो किसी प्रकार से भी मेरी सहायता नहीं करते थे। विकलांग होने की वजह से मेरी हालत पिंजरे में बंद पक्षी की तरह थी, जिसे पिंजरे में से आजाद होने के लिए भी अपने मालिक पर निर्भर होना पड़ता है। ऐसे में सिर्फ इंटरनेट ही मेरा सबसे बड़ा सहायक था। तब मैंने अपनी इस पुस्तक का पेड प्रमोशन (सोशल मीडिया इंफ्लूएंशर को पैसा देकर रील्स विडियो बनाना) सोशल मीडिया पर करवाने के लिए कुछ अभिनेत्रियों से संपर्क किया था, लेकिन उनका चार्ज बहुत ही ज्यादा था। मेरे फेसबुक फ्रेंड लिस्ट में कई बॉलीवुड और टेलीविजन चैनल के सेलिब्रिटीज थे। उन दिनों मैं सब टीवी चैनल पर रात को 9 बजे प्रसारित होने वाले धारावाहिक वागले की दुनिया बड़े ही चाव से देखा करता था। क्योंकि यह एक परिवारिक धारावाहिक था और इसमें आज के पीढ़ी के लिए बहुत ही अच्छा संदेश दिया जाता था। इसी सीरियल के कुछ किरदार भी मेरे फेसबुक फ्रेंड थे। जिनमें से मैंने अभिनेत्री परिवा परिणति और अंजू जाधव को फेसबुक मैसेंजर पर संपर्क किया। लेकिन उनका कोई जवाब नहीं आया, फिर मैंने अभिनेत्री आयूषी जायसवाल और एक मॉडल रिचा गुलाटी को संपर्क किया। तब अभिनेत्री आयुषी जायसवाल ने सोशल मीडिया पर पेड प्रमोशन करने के लिए 1 लाख 50 हजार रुपए मांगे और मॉडल रिचा गुलाटी ने 35 हजार रुपए मांगे। अपनी लिखी हुई पुस्तक के पेड प्रमोशन के लिए सिर्फ महिलाओं को ही लक्षित करने का मेरा उद्देश्य यह था कि महिलाओं के खूबसूरत चेहरे का या उनकी कही हुई बातों का लोगों पर जल्दी और गहरा असर पड़ता है। साथ ही, दूसरा कारण यह भी था कि मेरी लिखी हुई पुस्तक में एक लड़की के उस संघर्ष को बयां किया गया था, जिसके बारे में वह किसी से भी कह नहीं पाती है और एक महिला की तकलीफ को भी एक महिला ही अच्छी तरह से समझ सकती थी। इसीलिए मैं चाहता था कि मेरी लिखी हुई पुस्तक - मां कहानी एक समर्पण की, का सोशल मीडिया पर विज्ञापन एक महिला ही करें। लेकिन मेरा बजट लाखों रुपए का बिल्कुल भी नहीं था, क्योंकि मैं ज्यादा से ज्यादा 20 हजार रुपए में ही अपनी

पुस्तक का विज्ञापन कराना चाहता था। लेकिन तब मुझे क्या पता था कि अब से मेरे जीवन में वह दौर आने वाला है, जो सबकुछ पल भर में खत्म कर देगा। मेरा जीवन मुश्किल में पड़ने के साथ-साथ, मेरा पैसा और चरित्र भी दांव पर लगने वाला था। मेरे लिए चोरी करने वाला, डकैती डालने वाला, झूठ बोलने वाला या हत्या करने वाला पापी नहीं होता है।

मैं किसी भी इंसान के सहस्त्र (हजारों) पापों को माफ करने की क्षमता रखता हूं। लेकिन जब कोई मुझे 3 प्रकार से नुकसान पहुंचाता है, तब मैं सामने वाले को माफ नहीं करता और वो 3 नुकसान इस प्रकार है - पैसा, समय और सम्मान।

लेकिन इस बार तो मेरा सामना एक स्त्री से होना था और मैंने इस बात का पूरा ध्यान रखा कि मुझसे कोई चूक न हो जाये। वो लाख गलतियां करें, लेकिन मुझे तो अपनी मर्यादा में ही रहना होगा। क्योंकि मेरा सामना एक ऐसी अहंकारी नारी से होने जा रहा था, जो हर बार समझाने पर भी अपनी भूल को स्वीकार नहीं करना चाहती थी और न ही अपने किए हुए भूल को सुधारना चाहती थी। चूंकि, सामने एक पढ़ी-लिखी महिला थी और इसीलिए मैंने उनकी गरिमा को बनाए रखा, उनकी निजता का सम्मान किया। एक बार फिर प्रयास करते हुए मैंने दिनांक **25/01/2024** को **10:18 PM** बजे अभिनेत्री वान्या सिंह राजपूत (आकांक्षा चंदेल) से फेसबुक मैसेंजर पर संपर्क किया, क्योंकि वह उस समय मेरी फेसबुक फ्रेंड थी। मैंने गूगल से वान्या सिंह राजपूत की पूरी कुंडली निकाल ली और गूगल से मिली जानकारी इस प्रकार थी -

वान्या सिंह राजपूत ने कई एडल्ट वेब सीरीज मिस खिलाड़ी, सुंदरा भाभी, डायरी ऑफ लस्ट, फॉल्ट, नूरू मसाज, लव ऑन रेंट, नया साल नया माल (चीकूफ्लिक्स), गुप्त (फेनियो मूवीज), दाग (फेनियो मूवीज), जिस्म (कीवी टीवी), कलंक वेब सीरीज में काम किया है।

लेकिन वान्या सिंह राजपूत के बारे इतना सबकुछ जानने के बावजूद मैंने उनपर भरोसा इसीलिए किया, क्योंकि मेरी पुस्तक का प्रचार करना कोई बुरा काम नहीं था। बल्कि मेरा काम तो ईमानदारी वाला था और जबकि वान्या सिंह राजपूत पढ़ी-लिखी लड़की थी, तो मुझे भरोसा था कि वो मुझे धोखा नहीं देंगी।

मेरे द्वारा वान्या सिंह राजपूत को फेसबुक मैसेंजर पर भेजे गए उस मैसेज में यह लिखा हुआ था - " मैं आपको 5 हजार रूपए दे सकता हूं। आपको सिर्फ मेरी एक पुस्तक अपनी हाथ में लेकर एक विडियो (रील्स) बनाना है और उसमें मेरी पुस्तक की थोड़ी-सी तारीफ करके यह बताना होगा कि मेरी पुस्तक बहुत ही अच्छी है और आपको अच्छी लगी। विडियो सिर्फ 1 मिनट तक का ही होगा। बुक्स की रेट है 150 रूपए + शिपिंग चार्ज है 50 रूपए " फिर उनका जवाब आया - **"OK "** फिर मैंने वान्या सिंह

राजपूत जी को अपना **Unique Disability ID Card (UDID)** का फोटो भेजा। **UDID** कार्ड विकलांगता को प्रमाणित करने वाला एक आईडी कार्ड होता है। ताकि, वान्या सिंह राजपूत जी को यह पता चल सके कि मैं सत्य बोल रहा हूं और वो मुझसे धोखाधड़ी करने के बारे में ना सोचें। उन्होंने मुझसे कहा कि मेरी पुस्तक का वो अपनी इंस्टाग्राम प्रोफाइल पर प्रमोशन करेंगी, इसके लिए उन्हें **10** हजार रुपए देने होंगे। तब मैंने उनसे कहा कि यह थोड़ा ज्यादा है और तब उन्होंने **7** हजार रुपए में सौदा मंजूर किया, साथ ही **5** हजार रुपए पहले देने को कहा। तब मैंने उनसे उनका अकाउंट नंबर मांगा, तो उन्होंने मुझसे पूछा कि बुक्स कहां पर उपलब्ध है और ये उन्हें कैसे मिलेगा **?** फिर मैंने उन्हें अपनी लिखी हुई पुस्तक का अमेजन स्टोर पर उपलब्ध होने की जानकारी दी। उसके बाद उन्होंने अपनी गूगल पे की यूपीआई एड्रेस भेजी। उस वक्त मेरे पास बिल्कुल भी पैसे नहीं थे और इसीलिए मैंने वान्या सिंह राजपूत से **1** दिन की मोहलत मांगी। फिर दूसरे दिन मैंने अपनी कुछ पैसे, जो मैंने पेटीएम मनी ऐप्स के जरिए शेयर बाजार में निवेश किये हुए थे और उन पैसों की मैंने निकासी कर ली। उसी दिन **26/01/2024** को **11:39 AM** पर **4000** रूपए मैंने अभिनेत्री वान्या सिंह राजपूत को उनके द्वारा प्रदान किए गए गूगल पे के यूपीआई एड्रेस **vaanya.rajput92@okicici** पर भेजा। उसके बाद वान्या सिंह के तरफ से जवाब आया कि उनके मैनेजर ने मुझे गलत प्राइस बताया था, दरअसल वो **10** हजार रुपए से कम नहीं लेती हैं और इसीलिए मुझे पुरे **7** हजार रुपए एडवांस के तौर पर भेजने होंगे। फिर मैंने उसी यूपीआई एड्रेस पर **3** हजार रूपए **12:40 PM** पर भेजे और कहा कि बाकी के **3** हजार रुपए काम होने के बाद दूंगा। उसके बाद उन्होंने अमेजन पर मेरी पुस्तक का ऑर्डर देकर उसका स्क्रीनशॉट मुझे भेजा। फिर उसी दिन **1:19 PM** पर उन्होंने मुझे दोबारा मैसेज भेजकर कहा कि उन्हें अतिरिक्त **10** हजार रुपए की आवश्यकता है। मैंने पैसे देने से मना कर दिया, तो फिर उन्होंने मुझसे कहा कि उन्हें **10** हजार रुपए की बेहद जरूरत है और वो यह पैसा मुझे जल्द ही वापस कर देंगी। मैंने साफ-साफ उन्हें पैसे देने से मना कर दिया और कहा जितने में सौदा हुआ है, मैं आपको उतने ही पैसे दूंगा। वान्या सिंह राजपूत के द्वारा काफी मिन्नतें करने के बाद मैंने उन्हें दोपहर **2:53** पर वॉयस रिकॉर्डिंग करके फेसबुक मैसेंजर से भेजा कि मैं आपकी बहुत इज्जत करता हूं, लेकिन मैं आपको अतिरिक्त **10** हजार रुपए नहीं दे सकता हूं। क्योंकि यह मेरे बजट में नहीं है और मेरी जिंदगी में भी बहुत सारी समस्याएं हैं। फिर उन्होंने फेसबुक मैसेंजर पर ऑडियो कॉल करके मुझे भरोसा दिलाया कि वह अतिरिक्त **10** हजार रुपए पूरी ईमानदारी से मुझे लौटा देंगी।

वो कहते हैं ना कि जज्बाती इंसान बेवकूफ होता है, क्योंकि जज्बात में बह जाने वाले को कोई भी आसानी से मूर्ख बनाकर उससे गलतियां करवा लेता है। लेकिन किसी ने यह नहीं कहा है कि मूर्ख वो व्यक्ति होता है, जो किसी के जज्बात का गलत फायदा उठाता है। क्योंकि अगर मनुष्य में जज्बात ही नहीं रहेगा, तो फिर इस दुनिया में

मनुष्यता ही समाप्त हो जायेगी और मनुष्य 2 पैरों पर चलने वाला पशु के समान बन जायेगा।

मेरा स्वभाव ही कुछ ऐसा है कि अगर कोई गड्ढे में गिरने वाला है, तो चीख अनायास ही मेरे मुंह से निकल जाती है। वैसे ही चोट किसी और को लगती है, तब उसकी पीड़ा को मैं महसूस करता हं। मैं डंके की चोट पर यह जरूर कहना चाहूंगा कि जज्बात ही इंसान को सही मायने में इंसान बनाती है। जिस दिन मनुष्य के मन से जज्बात खत्म हो जाएगा, उस दिन मनुष्य 2 पैरों पर चलने वाला पशु कहलाएगा। इस दुनिया में लोगों के मन में जज्बात है, तभी जाकर मनुष्य का मनुष्य से प्रेम है और कुछ रिश्ते-नाते भी लंबे समय तक टिक पाते हैं। तब मेरे मन में यही ख्याल आया था, कि शायद वाकई में एक्ट्रेस वान्या सिंह राजपूत को पैसों की बहुत ज्यादा आवश्यकता हो सकती है। इसीलिए मैंने बिना ज्यादा सोचे-समझे 10,000 रूपए और वान्या सिंह राजपूत को उनके यूपीआई एड्रेस (UPI-Unified Payments Interface) पर भेज दिया था। इस तरह मैं भी जज्बात में बहकर गलतियां करने वाला जज्बाती मूर्ख बन चुका था।

दूसरे दिन दिनांक 27/01/2024 को एक अवार्ड कार्यक्रम में अभिनेत्री वान्या सिंह राजपूत को अवार्ड प्रदान किया गया, जिससे संबंधित तस्वीरें उन्होंने अपनी इंस्टाग्राम प्रोफाइल पर अपलोड किया था। मुझे इस बात की ज्यादा खुशी हुई कि मैं किसी के काम तो आया। मैं जानता था कि मेरे पैसे वापस लौटकर नहीं आयेंगे और इसीलिए मैंने उन्हें अतिरिक्त 10 हजार रुपए दिए, ताकि वो मेरी पुस्तक का प्रमोशन पूरी ईमानदारी से करें। यह 17,000 रूपए वो पैसे थे, जिससे मैं अपने लोन के फरवरी महीने की ईएमआई चुकाने वाला था। लेकिन उसके बाद वान्या सिंह राजपूत ने दिनांक 31/01/2024 को मुझे फेसबुक पर अन्फ्रेंड कर दिया। मुझे यह देखकर हैरानी जरूर हुई, लेकिन बुरा बिल्कुल भी नहीं लगा था। क्योंकि मेरा वान्या सिंह राजपूत से मैसेंजर पर संपर्क बना हुआ था। मैं अक्सर खुद से कहता था कि मैं किसी से भी दोस्ती नहीं करता हूं, बल्कि बिजनेस डील करता हं। क्योंकि दोस्ती तो फिर भी टूट जाता है, लेकिन प्रोफेशनल डील कभी नहीं टूटता है। अपने इसी बात पर मुझे पूरा यकीन था कि वान्या सिंह राजपूत कभी भी एक प्रोफेशनल डील को नहीं तोड़ेगी। लेकिन फिर 05/02/2024 को मुझे पता चला कि वान्या सिंह राजपूत ने अमेजन पर मेरी जिस पुस्तक का ऑर्डर दिया था, वो कैंसिल कर दिया है। यह पता चलते ही मैंने फेसबुक मैसेंजर पर वान्या सिंह राजपूत से सवाल किया और कहा कि अगर उन्होंने मेरी पुस्तक का ऑर्डर कैंसिल नहीं किया है, तो प्रमाण दें। तब उन्होंने जल्दबाजी में अपनी उसी पुराने ऑर्डर का स्क्रीनशॉट दुबारा से मुझे भेजा। लेकिन इस बार वो अपनी एड्रेस और मोबाइल नंबर छुपाना भूल गई थी, जैसे पिछले बार उन्होंने उस स्क्रीनशॉट पर इमोजी चिपकाकर मुझे भेजा था और इस बार उन्होंने इमोजी चिपकाए बगैर ही वह स्क्रीनशॉट मुझे भेज दिया था। इसीलिए मैंने तुरंत वो स्क्रीनशॉट सेव कर लिया। मुझे संदेह हो चुका था कि

वान्या सिंह राजपूत झूठ बोल रही है और उन्हें मेरी पुस्तक का प्रमोशन करने या फिर मेरे पैसे वापस करने में कोई रुचि नहीं है। आज के जमाने में अधिकतर पुरुष सोशल मीडिया पर किसी अनजान स्त्री से बात करते हुए अगर किसी प्रकार से उस स्त्री का मोबाइल नंबर और घर का पता हासिल करने में कामयाब हो जाते हैं, तब किसी न किसी प्रकार से उस स्त्री को परेशान करने लगते हैं। जब मोबाइल नंबर पर मनमानी करने में कामयाब नहीं हो पाते हैं, तब उस महिला के घर तक पहुंच जाते हैं। लेकिन मैं उन बाकी मर्दों की तरह नहीं था, क्योंकि मेरे लिए यह एक प्रोफेशनल डील था और इसीलिए मैं अपनी डील को सादगी के साथ पूरा करवाना चाहता था। इसी कारण से मैंने दिनांक **05/02/2024** को चुपचाप एक्ट्रेस वान्या सिंह राजपूत के घर के पते पर फ्लिपकार्ट द्वारा अपनी पुस्तक भेज दिया था। हालांकि, भुगतान करते हुए यह ऑर्डर मैंने ही फ्लिपकार्ट पर दिया था, ऑर्डर करते समय मैंने वान्या सिंह राजपूत का मोबाइल नंबर और घर का पता डाल दिया था। इसीलिए जैसे ही मैंने फ्लिपकार्ट पर अपनी ही लिखी हुई पुस्तक - मां कहानी एक समर्पण की, के **1** प्रति का ऑर्डर दिया और वैसे ही यह नोटिफिकेशन वान्या सिंह राजपूत को व्हाट्सएप के जरिए मिल गया था। फिर जब मैंने फेसबुक मैसेंजर पर वान्या सिंह राजपूत से यह पूछा कि क्या उन्होंने दुबारा से मेरी पुस्तक का ऑर्डर दिया है, तो उन्होंने मुझे मेरी ही फ्लिपकार्ट के ऑर्डर का उनके व्हाट्सएप नंबर पर आए मैसेज को स्क्रीनशॉट करके मुझे भेजकर कहा कि यह ऑर्डर उन्होंने ही दिया है और अमेजन पर उनके द्वारा दिया गया मेरे पुस्तक का ऑर्डर कैंसिल हो जाने के कारण ही फ्लिपकार्ट पर उसने दुबारा से ऑर्डर दिया है। जबकि वो ऑर्डर मेरे द्वारा दिया गया था और वान्या सिंह सफेद झूठ बोल रही थी। खैर, **19/02/2024** को मेरी पुस्तक उनके पास पहुंचने वाला था और उन्होंने पुस्तक लेने से इंकार कर दिया। इस संबंध में जब मैंने अभिनेत्री वान्या सिंह राजपूत से **20/02/2024** को उनके निजी नंबर पर कॉल करके कारण पूछा। लेकिन तब उन्होंने मुझसे बोला कि उनकी बहन बीमार है और वो घर में नहीं है। पैसों की भी उन्हें बहुत दिक्कत थी। इसीलिए वह मेरी बुक्स को रिसीव करने में असमर्थ हैं। पता नहीं वान्या सिंह राजपूत सच कह रही थी या फिर झूठ। लेकिन मुझे उस पर बहुत ज्यादा गुस्सा आ रहा था, इसके बावजूद अपने दिल पर पत्थर रखकर मैंने उनसे कहा कि आप ईश्वर पर भरोसा रखो। अगर संभव हो सकें, कपड़े बनाने का बिजनेस शुरू कर दो। इसके लिए आपको केन्द्रीय सरकार द्वारा संचालित लोन स्कीम से लोन भी मिल जाएगा और मैं खुद इसमें आपकी सहायता करूंगा, व्यवसाय की शुरुआत करने पर आपको अतिरिक्त कमाई भी होगी। फिर मैंने वान्या सिंह राजपूत को मिस यूनिवर्स हरनाज संधू की तस्वीरें भेजी, जिसमें हरनाज संधू ने बहुत ही आकर्षक कपड़े पहने हुए थे। उन तस्वीरों के जरिए मैंने वान्या सिंह राजपूत को यह बताया कि ऐसे कपड़े हमारे भारत में नहीं बनते है और यह बहुत ज्यादा महंगे भी होते हैं। फिर आपको तो अपने प्रोडक्ट को बेचने के लिए ब्रांड एंबेसडर की भी आवश्यकता नहीं है, क्योंकि आप खुद एक अभिनेत्री हैं। मैं तो कलियुग का श्रीकृष्ण हूं, लोगों को सही मार्ग दिखाना ही मेरा धर्म है और इसीलिए मैं आपका भी मार्गदर्शन करूंगा। बिल्कुल वैसा ही, जैसा स्वयं श्रीकृष्णजी ने महाभारत के

युद्ध में पांडवों का मार्गदर्शन किया था। उस वक्त मैं अपनी घर से **1** किलोमीटर दूर फुटपाथ पर पोहा बनाकर बेचा करता था। क्योंकि मैं अकेला पूरे परिवार की जिम्मेदारियों को संभालते हुए परेशान हो चुका था और इसीलिए अपने घर से दूर मुख्य सड़क पर एक फूड स्टॉल लगाया करता था। सोचा था कि शायद मेरा सझला भाई मेरा साथ देगा, लेकिन वह तो हमेशा मेरे विचारों के ही खिलाफ रहता था। खैर, मैंने अपने वृद्ध पिता के साथ मिलकर किसी तरह से अपनी फूड स्टॉल की शुरुआत की। रोज सवेरे **5** बजे उठकर घर में ही पोहा तैयार करता था और उसे ले जाकर सड़क किनारे फूड स्टॉल पर बेचता था। लेकिन इससे मुझे कोई फायदा नहीं मिल रहा था, क्योंकि रोजाना सिर्फ **2-3** ग्राहक ही दुकान पर आते थे और कभी-कभी कोई भी नहीं आता था। जरा सोचिए, मैं खुद ऐसी मुश्किल परिस्थितियों में फंसा हुआ था और अकेला ही सारी मुश्किलों का सामना कर रहा था। ऐसा कोई भी नहीं था, जिससे मैं अपना कष्ट बांट सकूं। सुबह की नींद पूरी भी नहीं हुई और सवेरे-सवेरे जल्दी उठकर पोहा तैयार करना। और फिर सारा सामान अपने ट्राईसाईकिल पर रखकर **1** किलोमीटर दूर फूड स्टॉल पर जाना। फूड स्टॉल भी सड़क से **2** फीट ऊंचा था और ऊपर चढ़ने के दौरान मेरे पांव में अक्सर चोट लग जाता था। मेरे पिता की उम्र भी ज्यादा होने की वजह से वो मेरा सहयोग नहीं कर पाते थे। मैं लगातार तनावग्रस्त होता जा रहा था, लेकिन अपनी समस्याओं के लिए किसी को भी दोष नहीं देना चाहता था।

खैर, वान्या सिंह राजपूत द्वारा लगातार टालमटोल रवैया अपनाए जाने पर मुझे उनपर बहुत गुस्सा आ गया था। लेकिन इसके बावजूद मैंने संयम से काम लेते हुए उनके साथ कोई बदतमीजी नहीं की। क्योंकि मैं साईं बाबा का सच्चा भक्त था, मैं साईं बाबा को दिल से मानता था और उनके दिखाए गए रास्ते पर ही चलता था। मेरे अंदर अध्यात्म के प्रति गहरा लगाव ही था, जो मुझे गलत रास्ते पर जाने से रोक रहा था। इसीलिए मैं हमेशा कहता हूं कि इंसान का सच्चा मित्र उसका अपना अंतर्मन और ईश्वर होता है, साथ ही पौराणिक कथाओं का अध्ययन करने से हमें अपने जीवन में सही फैसले लेने में मदद मिलती है। **21** अप्रैल **2024** को वान्या सिंह राजपूत ने मुझे फेसबुक मैसेंजर पर ब्लॉक कर दिया। फिर मजबूरन मैंने **22** फरवरी **2024** को ऑनलाइन एफआईआर के जरिए वान्या सिंह राजपूत पर सरायकेला थाना में प्राथमिकी दर्ज कराया और उसका स्क्रीनशॉट लेकर उनके व्हाट्सएप नंबर पर भेज दिया। मेरे ऐसा करने के पीछे का उद्देश्य यह था कि मैं वान्या सिंह राजपूत को सिर्फ भयभीत कर अपना काम करवा लेना चाहता था। मेरी न तो उन्हें जेल भेजने की इच्छा थी और न ही कोर्ट-कचहरी में घसीटने की मंशा थी। यह बात मैंने वान्या सिंह राजपूत से व्हाट्सएप पर बातचीत के दौरान कहा भी था। तब वान्या सिंह राजपूत ने मुझसे कहा था कि उसके पैसे कहीं फंसे हुए हैं और इसीलिए वो परेशान हैं। फिर मैंने वान्या सिंह राजपूत से कहा कि इस समय सबसे ज्यादा मैं खुद टेंशन में हूं, क्योंकि मुझे यह लग रहा है कि आप मुझे धोखा दे रही है। मेरी चिंता को दूर करते हुए वान्या सिंह राजपूत ने मुझसे कहा - " यार, टेंशन मत लो। मैं सच में तुम्हारा काम कर दूंगी।

लेकिन फिलहाल मैं बहुत परेशानी में चल रही हूं ” इसके बाद मैंने दुबारा दिनांक 26 मार्च 2024 को अपनी एक बुक्स वान्या सिंह राजपूत के घर के पते पर भेजी, लेकिन वह बुक्स भी उन्होंने लेने से इंकार कर दिया। 05 अप्रैल 2024 को डेल्हीवरी कुरियर सर्विस द्वारा फिर से अपनी 1 बुक्स वान्या सिंह राजपूत के घर के पते पर भेजी। लेकिन उसके बाद उनका जवाब आया कि वो भारत के बाहर गई है और इसीलिए वो बुक्स उनके बगल वाले पड़ोसी को दे दिया जाए। चूंकि, मैंने जानबूझकर अपनी लिखी हुई पुस्तक वान्या सिंह राजपूत को कुरियर करवाते समय उनके पते पर अपना मोबाइल नंबर लिख दिया था। इसीलिए डिलीवरी के समय डिलीवरी बॉय ने मुझे कॉल किया था। तब मैंने उस डिलीवरी बॉय से कहा कि अगर संभव हो सके, तो पार्सल को वान्या सिंह राजपूत के घर के दरवाजे के नीचे से अंदर घुसा दें। लेकिन तब डिलीवरी बॉय ने मुझे बताया कि वान्या सिंह राजपूत के घर के दरवाजे के नीचे से पार्सल अंदर घुसाना संभव नहीं है। इसीलिए मेरी भेजी गई पुस्तक उनके बगल वाले पड़ोसी को दे दिया गया, क्योंकि ऐसा करने के लिए खुद वान्या सिंह राजपूत ने मुझसे व्हाट्सएप पर कहा था कि उनके बाजू वाले पड़ोसी को पार्सल दे दिया जाए। लेकिन जब वान्या सिंह भारत लौटीं, तो उन्होंने मुझसे कहा कि उन्हें बुक्स नहीं मिला है। क्योंकि उनके बगल वाले पड़ोसी कहीं चले गए हैं। मुझे यह बात अच्छी तरह से समझ में आ रहा था कि जब वान्या सिंह राजपूत को पैसा पहले ही मैंने दे दिया है, तो फिर भला वो मेरा काम करने में रूचि क्यों रखेंगी। इसीलिए मैंने वान्या सिंह राजपूत को एक और ऑफर देते हुए कहा कि अगर आप मेरी पुस्तक का विज्ञापन सोशल मीडिया पर कर देंगी और यदि मुझे इससे फायदा हुआ, तो अगले 7 दिनों में होने वाली बिक्री पर मैं आपको 10 प्रतिशत अतिरिक्त पैसे दूंगा। तब वान्या सिंह राजपूत ने मुझसे कहा - “ पैसा का लेन-देन मायने नहीं रखता है। सुनो, मेरा कोई भाई नहीं है और तुम मेरे भाई जैसे हो। फिक्र न करो, मैं तुम्हारा काम जरूर कर दूंगी। लेकिन मुझे थोड़ा समय चाहिए ” वान्या सिंह राजपूत की बात से मैं थोड़ा भावुक हो गया था और इसीलिए मैंने उन्हें कुछ और समय देने का निश्चय किया। मैं वान्या सिंह राजपूत के भरोसे लंबे समय तक इंतजार नहीं कर सकता था, इसीलिए मैंने शेयर बाजार से अपने बचे हुए पैसे निकाले और उन सभी पैसों से अपनी लिखी हुई पुस्तक - मां कहानी एक समर्पण की, के 710 प्रतियां प्रिंट कराएं। फिर खुद ही अपने घर से 40 किलोमीटर दूर जमशेदपुर में अपना बुक्स बेचने निकला। लेकिन जमशेदपुर जाने से एक दिन पहले मैंने वान्या सिंह राजपूत को व्हाट्सएप पर मैसेज भेज कर पूछा - “ क्या अब आपके लिए मेरी पुस्तक का विज्ञापन करना संभव हो पायेगा ? ” तब वान्या सिंह राजपूत ने जवाब दिया - “ पैसों की बहुत दिक्कत है और बिना मेकअप के मैं तुम्हारी पुस्तक का विज्ञापन नहीं कर सकती हूं। क्या तुम मुझे कुछ पैसे दे सकते हो ” तब मैंने उनसे कहा की मैं दुबारा से आपको पैसे देने की गलती नहीं करूंगा। जहां तक आपके मेकअप की बात है, तो मैं आपसे वादा तो नहीं करूंगा। लेकिन मैं कुछ प्रयास करने की कोशिश अवश्य करूंगा, ताकि आपका मेकअप हो जाएं। फिर मैंने अपनी मोबाइल पर अर्बन कंपनी ऐप्स को डाउनलोड किया और वान्या सिंह राजपूत के घर का पता डाल कर कुछ सर्विस को कार्ट में जोड़ा। लेकिन

टोटल बिल देखकर मेरे तो होश ही उड़ गए थे, 5 हजार रुपए के आसपास का बिल बन चुका था और उतने पैसे मेरे बैंक अकाउंट में भी नहीं थे। नाखूनों को साफ करने, बाल काटने और चेहरे का फैसियल करने तक का उन सभी सर्विसों को मैंने कार्ट में जोड़ा हुआ था, जो एक महिला किसी भी खास कार्यक्रम में भाग लेने से पहले ब्यूटी पार्लर में करवाती है। फिर मैं दूसरे दिन अपनी सारी पुस्तकों को लेकर अकेला ही जमशेदपुर चल पड़ा। जब मैं अपनी पुस्तकें लेकर जमशेदपुर के सबसे बड़े बुक्स होलसेलर अग्रवाल बुक स्टोर और सेन बुक स्टोर समेत 2-3 और बुक स्टोर पर गया, तो उन सभी बड़े बुक स्टोर ने मेरी बुक्स को लेने से एक झटके में इंकार कर दिया था, क्योंकि उनका यह कहना था कि मेरी पुस्तक बहुत बड़ी ब्रांड नहीं है और इसीलिए पहले मुझे अपनी पुस्तक को एक ब्रांड बनाना होगा। फिर मैं निराश होकर वापस अपने घर लौट आया और पैसा नहीं होने की वजह से वान्या सिंह राजपूत के लिए ब्यूटी पार्लर सर्विस की होम डिलीवरी नहीं करवा पाया। तब मैंने पहली बार घर से बाहर कदम रखते हुए खुद से ही अपनी पुस्तकों को बेचने का निश्चय किया। इसी सिलसिले में मैं दिनांक 03/04/2024 को सबसे पहले बिष्टुपुर गया और उस दौरान मुझे बिल्कुल भी आइडिया नहीं था कि मुझे अपनी पुस्तक कहां पर बेचना चाहिए। फिर मैंने उबेर ऐप्स से एक ऑटो बुक किया, जमशेदपुर वीमेंस कॉलेज के सामने जाने के लिए। क्योंकि ऑटो स्टैंड में खड़ा कोई भी ऑटो वाला मुझे ले जाने को तैयार नहीं था और इसी कारण से मुझे उबेर ऐप्स से ऑटो बुक करना पड़ा। जैसा कि मैं पहले ही बता चुका हूं कि मैं भले ही शारीरिक रूप से 75 प्रतिशत विकलांग हूं, लेकिन मेरा बुद्धिबल और आत्मबल काफी ज्यादा मजबूत है। मैं जब ऑटो से वीमेंस कॉलेज के सामने पहुंचा, तो मेरे बारे में जानने के बाद उस ऑटो वाले ने मुझे प्रोत्साहित करने के उद्देश्य से मुझसे 1 पुस्तक खरीदा। फिर ग्राहकों के इंतजार में सुबह से दोपहर 3 बज गए थे और मेरी एक भी पुस्तक नहीं बिकी थी। वीमेंस कॉलेज के पास पुस्तकें बेचने का उद्देश्य यह था कि कॉलेज में पढ़ने के लिए आने वाली सभी लड़कियां मॉडर्न ख्यालात की होगी और जैसा कि मेरी लिखी हुई पुस्तक की कहानी एक महिला के जीवन की संघर्षों पर आधारित थी, तो शायद कॉलेज में पढ़ने के लिए आने वाली लड़कियां मेरी पुस्तक खरीद लें। मगर ऐसा नहीं हुआ, तभी एक सरदारजी ने वहां आकर मुझसे एक बुक्स खरीदी और मुझे अपनी स्कूटी पर बिठाकर गोपाल मैदान के सामने पहुंचा दिया। रात के 9 बजे तक मेरी 10 पुस्तकें बिकी और मैं वहीं फुटपाथ पर ही सो गया। लेकिन एक अनजान शहर में सड़क किनारे मुझे नींद नहीं आ रही थी। वो समय बहुत चैलेंजिंग समय था मेरे लिए, क्योंकि मुख्य सड़क किनारे जमीन पर एक प्लास्टिक बिछाकर रात गुजारना पड़ रहा था, ऊपर से आंखों में नींद नहीं थी। फिर रात के 11 बजे मैंने वान्या सिंह राजपूत को उनके व्हाट्सएप नंबर पर जन्मदिन की शुभकामनाएं भेजी और खेद प्रकट करते हुए कहा कि अभी मेरे अकाउंट में बिल्कुल भी पैसा नहीं है, नहीं तो मैं आपके लिए जौमेटो से केक भिजवा देता। तब वान्या सिंह राजपूत ने मुझे जवाब भेजा - " मैं भगवान से प्रार्थना करती हूं कि वो तुम्हारे अकाउंट में खूब सारा पैसा दें " दूसरे दिन मैं वापस अपने घर लौट आया, क्योंकि तेज गर्मी की वजह से वहां रहना मुश्किल हो रहा

था। घर लौटने पर मैंने अमेजन से दिनांक 14 अप्रैल 2024 को 1 और बुक्स वान्या सिंह राजपूत को भेजा। इस बार वान्या सिंह राजपूत ने मेरी बुक्स को स्वीकार किया और बताया कि वो बीमार है, इसीलिए उन्हें थोड़ा समय चाहिए। उसके बाद मैं साकची गया और मैंने खुद से ही अपने बुक्स बेचे। इस दौरान न सिर्फ कई लोगों ने खुशी-खुशी मेरा बुक्स खरीदा, बल्कि मुझे बहुत ही सम्मान भी दिया। मैं जमशेदपुर की सड़कों पर ही रात गुजारता था, क्योंकि मेरे ऊपर 5 लाख रुपए का लोन बाकी था। इस दौरान 18 अप्रैल 2024 को रामनवमी के समय साकची फुटपाथ पर रात में सोने के दौरान मेरा नया मोबाइल **Samsung Galaxy M14 5g** चोरी हो गया। जिसमें वान्या सिंह राजपूत के खिलाफ मौजूद सारे सबूत नष्ट हो गये। जो मैंने भविष्य के लिए संभालकर रखा था। जिसके कारण मेरा वापस साकची लौटकर जाने से मोहभंग हो गया था। फिर भी मैंने अपनी हिम्मत नहीं हारी और 21 अप्रैल 2024 को मैं जमशेदपुर के बिष्टुपुर शहर में स्थित रीगल बिल्डिंग नोवेल्टी रेस्टोरेंट के समीप अपनी पुस्तकें बेचने गया। इस दौरान एक सोशल मीडिया इंफ्लूएंशर बाबा विचित्र ने एक विडियो बनाकर 22 अप्रैल 2024 को इंस्टाग्राम पर डाली। देखते ही देखते अगले 24 घंटे में 32,000 हजार से अधिक लोगों ने मेरी विडियो देखी। हालांकि, उस वायरल विडियो से मुझे कोई लाभ नहीं हुआ, लेकिन मुझे एक नई पहचान अवश्य मिला था। लेकिन दूसरे ही दिन 23 अप्रैल 2024 को मुझे घर वापस लौटना पड़ा, क्योंकि मेरे पांव में गंभीर चोट लगी थी और घर लौटते ही तेज गर्मी की वजह से मुझे बुखार आ गया था। करीब 5 दिन सरकारी अस्पताल में भर्ती रहने के बाद मैं घर लौटा, तो इस दौरान मैंने अपनी वह वायरल विडियो वान्या सिंह को भेजा। ताकि, उन्हें मेरी समस्या का पता चल सके। फिर वान्या सिंह राजपूत ने मुझे कॉल किया और मुझसे कहा कि मैं अपने बारे में कुछ लिखकर भेजूं। ताकि, वो विडियो बनाते समय अपने फॉलोअर्स को मेरे बारे में बता सके। मैंने अपनी जीवन के संघर्षों के बारे में लिखकर वान्या सिंह राजपूत को व्हाट्सएप से भेज दिया। लेकिन 3-4 दिन बीत गए और वान्या सिंह ने कुछ भी नहीं किया। उसके बाद एक दिन मैंने गुस्से में व्हाट्सएप पर मैसेज टाइप किया और वान्या सिंह राजपूत को उनके व्हाट्सएप नंबर पर भेज दिया - " चंद पैसों के लिए धोखा दे रही हैं आप मुझे। मैं आपको श्राप देता हूं, वान्या सिंह राजपूत। जिस पैसों के लिए आप मुझे धोखा दे रही है, वो पैसा आपके सामने होगा और आपके दुख का कारण बनेगा। पैसा आपसे दूर होगा, तो उस पैसे को हासिल करने के लिए आपका सबकुछ बर्बाद हो जाएगा " दरअसल, इस घटना के बाद से मुझे यह समझ में आने लगा था कि जीवन में पैसा ही सबकुछ नहीं होता है। मनुष्य का नेक नीयत और साफ चरित्र वाला होना भी जरूरी होता है। पता नहीं, आजकल के लोगों ने पैसे को ही इतनी ज्यादा अहमियत क्यों दे रखी है। इस पैसे की वजह से इंसान अपनी इंसानियत को ही भूल गया है। फिर तबीयत ठीक होने के बाद मैं फिर से जमशेदपुर लौटा और रीगल बिल्डिंग नोवेल्टी रेस्टोरेंट बिष्टुपुर के सामने अपनी पुस्तकें बेचने लगा। हालांकि, मेरी घुटने की घाव पूरी तरह से सूखे भी नहीं थें। उस वक्त मेरे मन में एक ही पीड़ा थी, कि मैं किसी भी प्रकार से पैसे का इंतजाम कर ट्रेन से मुंबई जा सकूं और फिर गोरेगांव वेस्ट जाकर वान्या सिंह

राजपूत से आमने-सामने मुलाकात कर उन्हें यह एहसास करा सकूं कि आप ईश्वर को बदनाम कर रही है, आप इंसानियत को बदनाम कर रही हैं, आप पूरी महिला समाज को बदनाम कर रही हैं। आपने मुझसे कहा था कि आप विकलांगों की सेवा करती हैं, तो क्या यह था आपका सेवा करने का तरीका। ऐसा नहीं था कि मैंने पुलिस में रिपोर्ट दर्ज नहीं कराया था, बल्कि मैंने **22/02/2024** को ही सरायकेला थाना में ऑनलाइन एफआईआर दर्ज कराया था। लेकिन पुलिस ने कुछ भी नहीं किया और इसीलिए हर हाल में मेरा मुंबई में वान्या सिंह राजपूत के घर जाना मजबूरी बन चुका था। मैं वान्या सिंह राजपूत से आमने-सामने मुलाकात कर उन्हें यह अहसास कराना चाहता था कि आप मेरी हालत को देखो, क्या आपको मेरे साथ चंद पैसों के लिए धोखाधड़ी करना शोभा देता है। वो मेरे जीवन का पहला चमत्कार था, जब **10 जून 2024** की सुबह एक ग्राहक मुझसे बुक्स लेने आया हुआ था, तब बातों-बातों में ही मैंने उनसे ट्रेन से अपने मुंबई जाने की बात बताई। तब उन्होंने मुझसे कहा कि ट्रेन से आप अकेले मुंबई नहीं जा सकते हैं, आपको समस्या होगी। क्योंकि आपको रेलवे स्टेशन पर अकेले पहुंचने में दिक्कत होगी। तब उस इंसान ने मुझे सुझाव देते हुए कहा कि आपको फ्लाइट से मुंबई जाना चाहिए, क्या आपका उतना बजट है। फिर मैंने उस व्यक्ति को **10** हजार रुपए दिए, फ्लाइट की टिकट बुकिंग करने के लिए। उस इंसान ने मेरे सामने ही रांची से मुंबई के लिए फ्लाइट बुकिंग किया और मुझसे कहा - " मैं आपके लिए कुछ करना चाहता हूं " मैंने उस व्यक्ति से कहा - " बेशक, लेकिन ध्यान रहे कि मैं किसी से भी मदद नहीं लेता हूं। क्योंकि इससे मेरे स्वाभिमान को ठेस पहुंचता है। मैं चाहता हूं कि लोग मेरी हुनर की वजह से मेरा सम्मान करें, न कि मुझे लाचार समझकर मुझसे सहानुभूति जताने का प्रयास करें। उसके बाद वो इंसान वहां से चला गया और **11** जून **2024** की रात को लौटकर आया, साथ में मेरे लिए नये कपड़े, जूते और एक बैग लेकर आया था। उसने ब्लूटूथ के जरिए फ्लाइट बुकिंग का टिकट मुझे मेरे मोबाइल पर भेजा। उस वक्त उसने मुझसे कहा था कि उसे मेरी परवाह है कि मैं अकेला ही मुंबई जैसे अंजान शहर में जा रहा था। तब मैंने उनसे कहा कि जिस मकसद से मैं मुंबई जाना चाहता हूं, वो मैं ही जानता हूं। मेरी पूरी कोशिश होगी कि अनजान शहर में मैं अकारण ही किसी को भी तकलीफ न दूं। मेरे लिए यह एक जंग के समान है, जिसे मैं सादगी और प्रेम से जीतना चाहूंगा और किसी दूसरे को अपने साथ ले जाकर मैं अपने लिए समस्या नहीं बढ़ाना चाहता हूं। कहीं न कहीं यह मेरी जिद्द ही थी कि मैं हर परिस्थिति का सामना अकेले करूंगा और मुंबई अकेले ही जाऊंगा। मेरी जिद्द से वह अंजान इंसान भावुक हो चुका था, इसीलिए उसने मुझसे कहा - " आपका निश्चय दृढ़ है कि आप अकेले ही मुंबई जाना चाहते हैं, लेकिन मुझे आपकी फिक्र भी है। मुझे विश्वास है कि आप मुंबई से सकुशल लौट आएंगे और जिस दिन आप लौटेंगे, उस दिन मैं आपसे मिलने अवश्य आऊंगा। अगर आपको जरूरत है, तो आप मेरा मोबाइल नंबर और पता लिख सकते हैं " तब मैंने उनसे कहा - " सच कहूं, तो मैं अकेला ही अपनी समस्याओं से जूझना चाहता हूं। अगर आप मुझे अपनी मोबाइल नंबर प्रदान करेंगे, तो समस्या आने पर मुझे मजबूरन आपसे मदद मांगने के लिए विवश होना पड़ेगा और मैं यह नहीं

चाहता ” मेरा जवाब सुन वो अजनबी इंसान मुस्कुराते हुए बोला - “ आप सच में बहुत ही जिद्दी है, मुझे आपके लौटने का इंतजार रहेगा। आज से ग्यारहवें दिन बाद हमारी आपसे दुबारा मुलाकात होगी, इसी जगह पर। हमारे यकीन को कमजोर पड़ने मत दीजिएगा। वादा कीजिए, आप सही-सलामत लौट आइएगा ना ? ” मैंने उनसे कहा - “ जी, जरूर ” फिर वो इंसान जाने से पहले मुझे जमशेदपुर से रांची और रांची से मुंबई जाने से संबंधित पूरी जानकारी देता गया। लेकिन उसके द्वारा कही हुई बात पर मुझे हैरानी जरूर हो रही थी कि उसने ऐसा क्यों कहा था कि आज से ग्यारहवें दिन बाद दुबारा मुलाकात होगी। तब मुझे यह नहीं लगा था कि मुझे मुंबई में 9 दिन गुजारना पड़ेगा। जिस बैग में उस अंजान इंसान ने मेरे लिए नए कपड़े लाए थे, उसी बैग में 5,000 रूपए नगद थे। मुंबई जाने से पहले मैंने वान्या सिंह राजपूत का सोशल मीडिया अकाउंट चेक किया, तो पाया कि उसने मुझे इंस्टाग्राम पर ब्लॉक कर दिया था और फेसबुक, यूट्यूब पर नाम बदलकर दिव्या सिंह रख लिया था। 12 जून 2024 को मैं सवेरे ही उठकर तैयार हो गया था, रीगल बिल्डिंग के सामने जमशेदपुर से रांची जाने वाली गाड़ी चलती है और उन्हीं में से एक गाड़ी पकड़कर मैं रांची एयरपोर्ट गया। मैं अपने साथ 175 बुक्स की एक कार्टन और कुछ कपड़े लेकर मुंबई जा रहा था। दरअसल, मेरा ऐसा इरादा था कि मैं वान्या सिंह राजपूत के घर के सामने अपनी पुस्तकें बेचूंगा। ताकि, आसपास के लोगों को भी वान्या सिंह राजपूत द्वारा मेरे साथ किए गए धोखाधड़ी के बारे में पता चल सके और अगर एक्ट्रेस वान्या सिंह राजपूत से मेरी आमने-सामने की मुलाकात हो जाती, तो मैं उन्हें यह समझाने का प्रयास करता कि आप मेरे जैसे विकलांग के साथ धोखाधड़ी कर गलत कर रहे हैं। रांची एयरपोर्ट से इंडिगो फ्लाइट के जरिए मैं उसी दिन शाम 7:30 बजे मुंबई एयरपोर्ट पर पहुंच गया। फ्लाइट के छत्रपति शिवाजी इंटरनेशनल एयरपोर्ट पर रूकते ही मैंने फ्लाइट में मौजूद एयरहोस्टेस रिया से कहा - “ अगर आप बुरा ना माने, तो मैं आपसे एक बात कहूं ” एयरहोस्टेस रिया ने कहा - “ हां, बोलिए ना ” मैंने उनसे अपनी इच्छा प्रकट करते हुए कहा - “ क्या मुझे आपके साथ एक सेल्फी लेने का मौका मिल सकता है ? ” एयरहोस्टेस रिया - “ हां, बिल्कुल ” उसके बाद खुद एयरहोस्टेस रिया ने मेरे हाथ से मेरा मोबाइल लिया, तभी दूसरी एयरहोस्टेस युतिका भी वहां पहुंची और फिर दोनों लड़कियों ने एकसाथ मेरे साथ सेल्फी ली। दरअसल, यह मेरी जीवन की पहली विमान यात्रा थी और इसीलिए मैं इस खुशनुमा पल को याद के तौर पर अपनी मोबाइल में कैद रखना चाहता था। लेकिन इस विमान यात्रा से मैंने एयरहोस्टेस के काम को करीब से देखा और उन्हें समझने का प्रयास किया। अक्सर लोगों को मैंने यह कहते सुना है कि एयरहोस्टेस बहुत ज्यादा खूबसूरत होती है, क्योंकि वह बहुत ज्यादा मेकअप करती है और छोटे कपड़े पहनती हैं। जब मैंने इंडिगो एयरलाइंस की एयरहोस्टेस के कार्य को करीब से देखा, तो यह समझ में आया कि वो ज्यादा मेकअप क्यों करती हैं। विमान यात्रा कहीं न कहीं थोड़ी चुनौतीपूर्ण होती है। क्योंकि जो व्यक्ति पहली बार हवाई सफर कर रहा है, उसके मन में डर अवश्य होता है और जो व्यक्ति हमेशा हवाई सफर करता है, उसके मन में भी कहीं न कहीं इस बात का भय अवश्य होता है कि क्या पता अगले

ही पल कौन-सी दुर्घटना घट जायें। इसीलिए किसी भी विमान में कार्य करने वाली एयरहोस्टेस अपने चेहरे पर सबसे ज्यादा मेकअप इसीलिए करती है, ताकि विमान में यात्रा करने वाले यात्रियों को अपनी ओर आकर्षित करके उनके मन से भय को समाप्त कर दें। इसके अलावा एयरहोस्टेस छोटे कपड़े इसीलिए पहनती हैं, यह उनके लिए फुर्ती से विमान के अंदर चलने में सहायक होती है। मैंने देखा कि इंडिगो एयरलाइंस की फ्लाइट अटेंडेंट रिया और युतिका अपने काम के प्रति अनुशासित, जिम्मेदार और कर्तव्यनिष्ठ है। अपने काम के प्रति इतने समर्पित महिलाओं को देखकर मैं उनसे बहुत ही प्रभावित हुआ। इसीलिए ऐसी महिलाओं के साथ एक सेल्फी लेना तो बनता ही था, उनके सम्मान के लिए भी और अपनी यादगार के लिए भी। छत्रपति शिवाजी इंटरनेशनल एयरपोर्ट पर विमान के रूकते ही इंडिगो एयरलाइंस के स्टाफ ने मुझे व्हीलचेयर पर बिठाकर फ्लाइट से बाहर निकाला और एक दूसरे स्टाफ के हवाले कर दिया। उस दूसरे इंडिगो एयरलाइंस के स्टाफ का नाम था - अनिकेत रमेश रंगावकर। अनिकेत रंगावकर से बातचीत करते हुए मैंने उनसे अपने पहली बार मुंबई आने का कारण बताया। मेरा मुंबई आने का कारण जानने के बाद अनिकेत रंगावकर मुझसे बहुत प्रभावित हुआ और उसने अपने सहकर्मी के साथ मिलकर मुझसे 2 पुस्तकें खरीदी। फिर अनिकेत रंगावकर ने अपने महिला सहकर्मी कित्तना और नेहा पाल को भी मेरे बारे में बताया। वो दोनों एयरहोस्टेस कित्तना और नेहा पाल मेरी मुंबई आने की वजह जानकर मुझसे इतनी ज्यादा प्रभावित हुई, कि दोनों ने मेरे साथ सेल्फी लेने की इच्छा जताई। दोनों महिलाओं के सेल्फी लेने के बाद कृतना ने मुझसे मेरा मोबाइल नंबर लिया और फिर अनिकेत रंगावकर ने मुझे एयरपोर्ट से बाहर निकलने में मदद की। मैंने एयरपोर्ट से एबीपी माझा न्यूज चैनल के ऑफिस जाने के लिए रैपिडो से कैब बुकिंग किया। पहले तो वह कार (कैब) वाला एयरपोर्ट आना ही नहीं चाहता था, फिर अनिकेत रंगावकर के समझाने पर वह एयरपोर्ट पर पहुंचा। मुंबई पहुंच जाने के बाद भी मैं तुरंत वान्या सिंह राजपूत के घर नहीं गया, बल्कि अंधेरी स्थित एबीपी माझा न्यूज चैनल के ऑफिस गया। लेकिन 8 बजने के कारण न्यूज चैनल का ऑफिस बंद हो गया था और वहां के सिक्योरिटी गार्ड के मना करने पर मुझे मजबूरन वान्या सिंह राजपूत के घर गुलराज टॉवर गोरेगांव वेस्ट जाना ही पड़ा। वहां पहुंचने पर शायद रात के 10 बजे हुए थे और मेरा मोबाइल पूरी तरह से डिस्चार्ज हो गया था। मेरा पावर बैंक मेरे बैग में रखा हुआ था और पीठ पीछे बैग टंगा होने की वजह से मैं पावर बैंक निकाल पाने में असमर्थ था। मैंने अपनी चारों ओर नजर दौड़ाई, तो उस जगह का नजारा काफी हैरान करने वाला था। क्योंकि वहां की पूरी सड़क और गुलराज टॉवर के सामने तरफ बारिश के कारण कीचड़मय हो चुका था और इसीलिए मैंने वहां ठहर कर अपनी पुस्तकें बेचना अनुचित समझा। मैंने जब आसमान की ओर देखा, तो चौंक गया। गुलराज टॉवर के तीसरे मंजिल से लेकर सड़क के दूसरी तरफ की बिल्डिंग तक एक जाली बांधकर रखा गया था और दोनों बिल्डिंग के ऊपरी मंजिलों पर रहने वाले लोग अपने पुराने कपड़े उस जाली के ऊपर फेंका करते थे। जाली पर अटके इतने सारे कपड़ो के ढेर को देख, मैंने सोचा कि अगर यह जाली फट गई और सारे कपड़े सड़क पर गिर गए, तब तो लोगों को

बड़ी समस्या होगी। मैंने गुलराज टॉवर के ग्राउंड फ्लोर पर ही बैठकर सुबह होने का इंतजार करना उचित समझा, क्योंकि मैं यह अच्छी तरह से जानता था कि किसी अकेली महिला के घर रात को जाना सही नहीं होता है। मैं बस वान्या सिंह राजपूत से मिलकर इंसानियत के नाते उन्हें समझाना चाहता था। लेकिन वहां आसपास रहने वाले लोगों के पूछने पर मुझे उनलोगों को सबकुछ सच-सच बताना पड़ा, तब उनके कहने और वॉचमैन के कहने पर मुझे बीस मंजिला ऊपर रूम नंबर 2012 में स्थित वान्या सिंह राजपूत के पास जाने के लिए राजी होना पड़ा। गुलराज टॉवर का वह वॉचमैन आगे-आगे चल रहा था और मैं धीरे-धीरे उसके पीछे चल रहा था। गुलराज टॉवर की निचली मंजिल पर दोनों तरफ कमरे बने हुए थे और लोगों के आने-जाने के लिए बीच में गली जैसा रास्ता बना हुआ था। उस रास्ते में वहां रहने वाले लोगों ने चिकन के टुकड़े फेंके हुए थे और मैं ठहरा शुद्ध शाकाहारी, बहुत ही मुश्किल से खुद को बचाते हुए मैं आगे बढ़ रहा था। बरसात के कारण पूरी फर्श गीली हो गई थी और मेरे वैशाखी में रबड़ लगा होने के कारण फिसलने का डर बना हुआ था। मैं किसी भी हालत में उस जगह फिसलकर गिरना नहीं चाहता था, क्योंकि वहां चारों तरफ मांस के टुकड़े फेंके गए थे। वॉचमैन ने खुद मेरे साथ जाकर मुझे वान्या सिंह राजपूत के रूम तक पहुंचाया। वान्या के रूम के पास पहुंचते ही वॉचमैन ने वान्या सिंह राजपूत से कहा कि आपसे कोई मिलने आया है। उस वक्त वान्या सिंह राजपूत के रूम का दरवाजा खुला था और वो किसी से मोबाइल पर बातें कर रही थी। जब वान्या सिंह राजपूत खुद दरवाजे के सामने आई, उस वक्त उन्होंने शॉर्ट कपड़े पहने हुए थे और उन्होंने खुद को दुपट्टे से लपेटा हुआ था। तब मैंने उनसे पूछा - " क्या आपने मुझे पहचाना ? " वान्या सिंह राजपूत के चेहरे को देखकर साफ-साफ पता चल रहा था कि मुझे वहां देखकर उन्हें गहरा झटका लगा था। उनका जवाब था - " हां, लेकिन मुझे लगा नहीं था कि तुम मेरे घर तक पहुंच जाओगे " फिर उन्होंने मुझसे अपने जूते उतार कर रूम के अंदर आने को कहा। लेकिन मैंने उनसे कहा कि मैं जूते उतार नहीं सकता हूं, क्योंकि फिर मुझे जूते कौन पहनायेगा। तब वान्या सिंह राजपूत ने कहा कि वो मुझे जूते पहना देंगी, लेकिन मैंने उनसे यह कहकर साफ-साफ मना कर दिया कि मैं दूसरों से अपने पांव नहीं छुआता। शायद वान्या सिंह राजपूत ने ऐसा इसलिए कहा था, क्योंकि वह वॉचमैन वहीं खड़ा था। फिर वॉचमैन वहां से चला गया और मैं वैशाखी के सहारे रूम के अंदर दाखिल हुआ, तो वान्या सिंह राजपूत ने एक लकड़ी का कुर्सी देते हुए मुझसे कहा - " बैठो, इतनी रात को मेरे घर आए हो, तो कम से कम चाय पीकर जाना " उसके बाद वान्या सिंह राजपूत मोबाइल पर किसी से बात करने लगी और मैंने देखा कि वान्या सिंह राजपूत का रूम असल में एक बरामदा था और वहीं जमीन पर एक गद्दा बिछा हुआ था, एक कोने में खिड़की के पास सोफ़ा लगा हुआ था। मैं जहां दरवाजे के सामने बैठा हुआ था, वहां मेरे आगे क्रोमा कंपनी का स्मार्ट टीवी दीवार पर टंगा हुआ था और उस वक्त उसमें आशिकाना वेब सीरीज (जियो-हॉटस्टार ऐप्स) चल रहा था। आशिकाना वेब सीरीज मुझे भी बहुत पसंद थी, मैंने इस वेब सीरीज का पहला सीजन जियो-हॉटस्टार ऐप्स पर देखा था। पहले सीजन के सुपरहिट होने पर 3 सीजन और लांच किया गया था। इस

सीरीज में एसीपी यशवर्धन चौहान और चिक्की शर्मा की जोड़ी एक ऐसे सीरियल किलर का पर्दाफाश करते हैं, जो खुद को कर्मा किलर कहता है। मैंने अपनी पीछे की ओर देखा, तो मेरे पीछे एक फ्रीज था और जिसके ऊपर मेरे द्वारा कुरियर से भेजा गया मेरा खुद का पुस्तक रखा हुआ था। फ्रीज का पिछला वाला कमरा किचन रूम था। बरामदे में दरवाजे के सामने बायीं तरफ जमीन पर पूजा घर बना हुआ था। तभी वान्या सिंह राजपूत के मोबाइल पर बातें खत्म होते ही वह मेरी ओर बढ़ती चली आई। वान्या सिंह राजपूत को अपनी ओर आते देख, मैं उनके हाव-भाव को पढ़ने की कोशिश करने लगा। जैसे-जैसे वो मेरी नजदीक आती गई, मुझे उनके अंदर की नकारात्मकता का आभास होने लगा था। वान्या सिंह राजपूत मेरे बहुत करीब आ चुकी थी और भी ज्यादा करीब, वह अपनी होंठों से मेरी होंठों को स्पर्श करने ही वाली थी और मैंने एक झटके में अपना मुंह दूसरी तरफ घूमा लिया। मेरे दिल की धड़कन तेजी से धड़कने लगा था और चेहरे पर काफी पसीना आ गया था। मैंने कुछ कहने का प्रयास किया और मानो जैसे शब्द मेरी जुबान पर ही अटक गया था - " य...य...यह क्या कर रही हैं आप ? " इसपर वान्या सिंह राजपूत ने अपने हाथ से मेरे चेहरे को अपनी ओर घुमाते हुए कहा - " मैं भी हसीन और तू भी जवां। 18 साल से तो ऊपर के ही होंगे न तुम ! सामने बेड पड़ी हुई है, चल दोनों रात के मजे लेते हैं " सच कहूं, तो किसी भी लड़की से आमने-सामने ज्यादा देर तक बातें करने में मुझे झिझक महसूस होती है। ऊपर से वान्या सिंह राजपूत के उस हरकत ने मुझे पूरी तरह से निशब्द कर दिया था। मैंने उनसे कहा - " दिमाग खराब हो गया है आपका। पहले आप मुझे अपना भाई कहती हैं और अब मेरे साथ ऐसी बातें कर रही हैं। मैं यहां फालतूगिरी करने नहीं आया हूं, इंसानियत के नाते आपको समझाने आया हूं कि आप मेरी हालत को देखो। क्या आपको मेरे साथ धोखाधड़ी करना शोभा देता है " वान्या सिंह राजपूत - " ओहो, मैं तो भूल ही गई थी कि तू शरीफ घर का लड़का है। मुझे लगा था कि तू भी बाकी मर्दों की तरह ही होगा। सामने मेरी जैसी खूबसूरत लड़की को देखेगा, तो छेड़ेगा जरूर। देख, कपड़े भी कम पहने हुए है मैंने इस वक्त। वैसे फिगर अच्छी है ना मेरी ? " वान्या सिंह राजपूत अपनी जिस्म की नुमाइश करते हुए मुझसे बोली, तो मैंने अपनी नजरें झुका ली और वान्या सिंह राजपूत को साफ-साफ कह दिया - " माना कि आप एक वेब सीरीज एक्ट्रेस है, लेकिन मैं वैसा इंसान नहीं हूं। मैंने तो आपको इज्जत वाला काम दिया है " फिर वान्या सिंह राजपूत खिड़की के सामने जाकर कुछ देर खड़ी रही, मुझे लगा कि शायद मेरे समझाने का उनपर असर पड़ रहा है। फिर एकाएक वान्या सिंह राजपूत मेरे सामने आकर मुझपर चिल्लाने लगी - " क्यों आया तू मेरे घर, मैंने कहा था कि मेरी तबीयत ठीक नहीं है और तबीयत ठीक होते ही मैं तेरा काम कर दूंगी " तब मैंने उनसे कहा - " 6 महीने हो गए, मैं और कितना इंतजार करता। मैं बहुत मुश्किल परिस्थितियों में फंसा हुआ हूं " तब वान्या सिंह राजपूत के जोर-जोर से चिल्लाने की वजह से आसपास के कमरे से 2 लड़के और 1 लड़की वान्या सिंह राजपूत के कमरे में आ गए। बाकी पड़ोसी भी दूर खड़े होकर यह सब देख रहे थे। वान्या सिंह के कमरे में दाखिल हुए 2 लड़के और 1 लड़की को देखकर मैंने उनसे पूछा कि अगर आपके घर में आधी रात को लड़कों का आना वर्जित

है, तो फिर यह दोनों लड़के आपके कमरे में कैसे दाखिल हुए। इसपर वान्या सिंह ने कहा कि यह मेरे भाई जैसे हैं, तब मैंने फिर से कटाक्ष करते हुए कहा कि भले ही भाई जैसे हैं, लेकिन है तो लड़के ही ना। इसके बाद दोनों लड़कों ने वान्या सिंह राजपूत से मेरे वहां आने का कारण पूछकर वहां से चले गए और सिर्फ वह लड़की ही वहां रह गई थी। वान्या सिंह राजपूत ने उस लड़की को मेरे बारे में बताते हुए कहा कि इस लड़के ने इंस्टाग्राम पर रील्स (पेड प्रमोशन) बनाने के लिए उन्हें 17,000 रूपए दिए थे और इसी बीच मेरी बहन बीमार हो गई, जिसके कारण मैं इसका काम नहीं कर पाई और इसी वजह से यह मेरे घर चला आया है। तब उस लड़की ने वान्या सिंह राजपूत से पूछा - " वान्या तुम्हारी बहन कहां है, तुम्हारी तो कोई बहन है ही नहीं " तब मैंने बीच में ही टोकते हुए उस लड़की से कहा - " देखा आपने, कितनी झूठ बोलती हैं यह " तब उस लड़की ने मुझसे कहा - " यार, 17 हजार रुपये के लिए कौन किसी के घर जाता है। वैसे भी यह तुम्हें तुम्हारे पैसे नहीं लौटाने वाली है। तुम अपने घर वापस लौट जाओ, वैसे भी तुम्हें यहां आने में कितनी दिक्कतों का सामना करना पड़ा होगा " फिर उस लड़की ने वान्या सिंह राजपूत से पूछा कि मैंने कौन-सी किताब की सोशल मीडिया पर विज्ञापन करने के लिए उससे कहा था, तब वान्या सिंह राजपूत ने बरामदे में रखी फ्रीज के ऊपर से पुस्तक उठाकर उस लड़की को दिखाते हुए कहा - " ये कोई अश्लील सी किताब है " फिर वह लड़की वान्या सिंह राजपूत के रूम से बाहर निकल गई। झूठ चाहे कितना भी चीख-चीखकर यह क्यों न कहे कि वो सच है, लेकिन वह सच नहीं बन सकता है। लेकिन सच खामोशी से धीमी आवाज में कहेगा कि वह सच है और लोग उसपर यकीन कर लेंगे। वान्या सिंह राजपूत ने जानबूझकर चिल्ला-चिल्लाकर आस-पास के लोगों को यह सोचकर इकट्ठा किया था, कि वो लोग वहां आकर मुझे उठाकर बाहर फेंक देंगे। लेकिन मुझे अपने ईश्वर पर विश्वास था, कि वो मेरी संभाल अवश्य करेंगे। सबके चले जाने के बाद वान्या सिंह ने मुझसे कहा - " तुम एक अकेली लड़की के घर में इस तरह रात को नहीं रह सकते। तुम्हें यहां से जाना होगा " मैंने भी वान्या सिंह से कहा - " मैं जानता हूं कि एक अकेली लड़की के घर में मुझे आधी रात को नहीं आना चाहिए था। लेकिन वॉचमैन और बाकी लोगों के कहने पर ही, मैं विवश होकर आपसे मिलने चला आया। यह सोचकर कि शायद मुझे सामने से देखकर आपके इरादे बदल जाएंगे। लेकिन अफसोस ऐसा नहीं हुआ और वैसे भी आधी रात को मैं भी कहां जा सकता हूं, क्योंकि मेरा मोबाइल डिस्चार्ज हो गया है। हां, मैं आपके घर से बाहर निकल जाता हूं और नीचे जाकर ग्राउंड फ्लोर में सुबह होने का इंतजार करता हूं। फिर मैं सुबह कहीं चला जाऊंगा " तब वान्या सिंह राजपूत ने मुझसे कहा - " मेरे घर पर आए हो, तो कम से कम चाय पीकर जाना " मैंने वान्या से कहा - " उसकी आवश्यकता नहीं है और वैसे भी मुझे आप पर विश्वास नहीं है। क्या पता चाय में जहर मिला कर मुझे पकड़ा दो " सामने मिट्टी का मटका रखा देख मैं वान्या सिंह राजपूत से बोला - " थोड़ा पीने को पानी मिल सकता है " वान्या सिंह राजपूत किचन से एक खाली स्टील गिलास लेकर आई और मिट्टी के मटके से पानी निकाला, और फिर......! एक झटके से उसने गिलास का सारा पानी मेरे मुंह पर फेंक दिया। फिर उसने मुझसे कहा - " बुझ गई न

प्यास, अब चाय भी पीकर जाना। मेरे घर में आकर मुझपर हुक्म चला रहा है, अपना नौकर समझ रखा है मुझे " वान्या सिंह राजपूत के द्वारा मेरे चेहरे पर अचानक से पानी फेंके जाने के कारण मैं विचलित हो गया था। वान्या सिंह राजपूत के इस बर्ताव से मेरा खून खौल उठा था, लेकिन इसके बावजूद मैंने अपना संयम बनाए रखा। क्योंकि मैं जानता था कि वान्या सिंह राजपूत के द्वारा किया गया यह बर्ताव उसकी हार का परिणाम था। लेकिन मैं गुस्से में आकर ऐसा कोई कदम नहीं उठाना चाहता था, जो उसकी हार को जीत में बदल दें। हालांकि, ऐसा करना मेरे लिए बहुत घातक भी साबित हो सकता था। क्योंकि वान्या सिंह राजपूत का स्वभाव ही कुछ ऐसा था कि अगले ही पल वो क्या कर बैठेंगी, यह कोई नहीं बता सकता था। वान्या सिंह राजपूत के अंदर एक विनाशकारी चरित्र छुपा हुआ था और मेरी एक छोटी-सी गलती उसके उस छुपी हुई चरित्र को उजागर कर सकती थी। लेकिन शारीरिक रूप से लाचार होने की वजह से मैं ऐसा खतरा नहीं उठाना चाहता था। उसके बाद वान्या सिंह राजपूत किचन में जाकर मेरे लिए चाय बनाकर लाई। मैंने उनसे कहा कि मैं गर्म वस्तु हाथ में नहीं पकड़ता हूं, इसीलिए थोड़ा चाय ठंडा होने दीजिए। जब तक चाय ठंडी हो रही थी, तब तक मैं वान्या सिंह राजपूत को अपने फ्लाइट की सफर के बारे में बताने लगा। मैंने वान्या सिंह राजपूत को बताया कि कैसे मैं एयरहोस्टेस के साथ सेल्फी लेने से पहले मैंने उनकी अनुमति ली। मैंने रिया और युतिका नाम की एयरहोस्टेस से कहा था कि अगर आप बुरा ना माने, तो एक बात कहू। क्या मैं आपके साथ एक सेल्फी ले सकता हूं। फिर एयरहोस्टेस रिया ने खुद मेरी मोबाइल मेरे साथ से लेकर मेरे साथ सेल्फी ली। उसके बाद चाय हल्की ठंडी हो गई और मैंने चाय पी ली। फिर वान्या सिंह ने मुझे अपने डॉक्टर के साथ किए गए व्हाट्सएप चैट दिखाते हुए कहा कि मैं सच में बीमार हूं और मेरे गले में दिक्कत हो रही है। तुम चाहो तो यह मैसेज पढ़कर तसल्ली कर सकते हो। मैंने यह कहकर मना कर दिया कि मुझे इंग्लिश पढ़नी नहीं आती है। उसके बाद वान्या सिंह राजपूत ने कहा कि चलो मैं तुम्हें नीचे ग्राउंड फ्लोर पर छोड़कर आती हूं। मुझे भी दवा लेने डॉक्टर के पास जाना है। फिर मैं और वान्या सिंह राजपूत एक साथ उसके घर से बाहर निकले। वान्या सिंह राजपूत के घर से बाहर निकलते समय दरवाजे के सामने बनी पूजा घर पर मेरी नजर पड़ी और मैंने देखा कि वहां 10-12 भगवान के फोटो रखें हुए थे। तब मैंने वान्या सिंह राजपूत से कहा - " आप इतने सारे भगवानों की पूजा करते हैं, लेकिन मैं किसी भी भगवान को नहीं मानता हूं " वान्या सिंह राजपूत ने मुझसे पूछा - " क्यों नहीं मानते हो भगवान को ? " तब मैंने उनसे कहा - " जब इसान सही मायने में इंसान ही नहीं बनेगा, अपने पापों का प्रायश्चित करना नहीं सीखेगा और अपनी दोषों को दूर करने का प्रयास नहीं करेगा, तो भगवान को मानने का क्या फायदा। क्योंकि जब तक इंसान के कर्म अच्छे नहीं होंगे, तब तक वो इंसान भगवान से दूर ही रहेगा। देखा जाए तो, हर इंसान में कुछ न कुछ बुराई होता ही है। भगवान को जानते तो सभी लोग हैं, पर क्या भगवान को कोई मानते हैं या फिर उनकी कोई सुनते हैं " कहीं न कहीं वान्या सिंह राजपूत के चेहरे को देखकर साफ पता चल रहा था कि उसके दिलो-दिमाग में मेरे साथ कुछ बुरा करने के इरादे थे, लेकिन उसमें हिम्मत नहीं

थी। वान्या सिंह राजपूत के घर से बाहर निकलते ही मैंने देखा कि फर्श पर बहुत पानी था और मेरे वैशाखी के नीचे रबड़ लगा होने की वजह से वैशाखी फिसल रहा था। वान्या सिंह राजपूत ने मुझसे पूछा - " क्या हुआ ? " मैंने उनसे कहा - " मैं आगे नहीं बढ़ सकता, क्योंकि जमीन पर पानी होने की वजह से मेरा वैशाखी फिसल रहा है " इसपर वान्या सिंह राजपूत बोली - " मैं मदद कर दूं " मैंने उनसे कहा - " उसकी आवश्यकता नहीं है, मैं मैनेज कर लूंगा " फिर मैं सामने की दीवार पकड़कर धीरे-धीरे आगे बढ़ गया। मेरे लिफ्ट तक पहुंचते-पहुंचते एक जौमेटो वाला वान्या सिंह राजपूत से एक ग्राहक के फ्लैट के बारे में पूछने लगा। फिर मैं, वान्या सिंह राजपूत, वह जौमेटो वाला और एक व्यक्ति एक साथ लिफ्ट से नीचे ग्राउंड फ्लोर पर आए। लिफ्ट से नीचे ग्राउंड फ्लोर पर जाते समय उस जौमेटो वाले ने वान्या सिंह राजपूत से मेरे बारे में पूछा, तो वान्या सिंह राजपूत ने उसे मेरे बारे में जानकारी देते हुए बताया कि मैं एक छोटा-मोटा लेखक हूं। वान्या सिंह राजपूत की बात सुनते ही मैंने झट से सबके सामने उन्हें जवाब दिया - " इज्जत से बात कीजिए, मैं इंडिया का अगला स्टार सेलिब्रिटी राइटर हूं। जमशेदपुर के लोग मेरा सम्मान करते हैं। लिफ्ट के ग्राउंड फ्लोर पर आते ही सभी एक साथ बाहर निकले। कुछ दूर चलने के बाद मैंने देखा कि बारिश की वजह से ग्राउंड फ्लोर की फर्श पूरी गीली हो गई थी और इसीलिए मैं वैशाखी लेकर चल नहीं पा रहा था, क्योंकि वैशाखी के नीचे लगे हुए रबड़ के कारण वैशाखी फिसल रही थी। तभी कुछ लोगों ने एक कुर्सी पर मुझे बिठाया और वान्या सिंह राजपूत अपने लिए दवा लेने मेडिकल चली गई। जिन लोगों ने मुझे बैठने के लिए कुर्सी दिया था, उन्होंने मुझसे वान्या सिंह के घर आने का कारण पूछा। तब मैंने उन लोगों से अपने साथ हुए धोखाधड़ी के बारे में सबकुछ बताया। कुछ लोगों ने मुझे पुलिस के पास जाने की सलाह दी और तभी एक व्यक्ति ने कहा कि वान्या सिंह राजपूत पुलिस को बुलाने के लिए ही गई हुई है, लेकिन तुम घबराओ मत। जो कुछ भी तुम्हारे साथ हुआ है, सबकुछ सच-सच पुलिस को बता देना। लेकिन वहां मौजूद एक लड़का वान्या सिंह राजपूत की तरफदारी करते हुए मुझे लगातार डराने का प्रयास कर रहा था - " तेरे जैसे बहुत लोगों को देखें है हमने, जो एक अकेली लड़की को परेशान करने के बहाने ढूंढता है। तू जानता नहीं है कि वह लड़की तेरे साथ क्या कर सकती हैं, गुंडे बुलाकर तुझे मरवा भी सकती हैं " मैं अच्छी तरह से जानता था कि वह लड़का वान्या सिंह राजपूत की तरफदारी क्यों कर रहा था, क्योंकि वान्या सिंह राजपूत ने ही अपने पीछे उस लड़के को मुझे धमकाने के लिए छोड़ गई थी। कुछ समय के बाद वान्या सिंह राजपूत अपने साथ 2 पुलिस वालों को लेकर लौटी और उन्हें सारी घटनाक्रम से रूबरू कराया, हालांकि इस दौरान उन्होंने काफी झूठ बोला। लेकिन मैं चुपचाप सब देख रहा था, फिर 1 पुलिस वाले ने वान्या सिंह राजपूत से कलम और कागज मांगा। वान्या सिंह राजपूत ने कहा कि कलम और कागज उसके घर में रखा हुआ है, फिर वो पुलिसवाला वान्या सिंह राजपूत के साथ उसके फ्लैट नंबर 2012 में चला गया। फिर मैंने दूसरे पुलिस वाले से कहा - " इस बात की क्या गारंटी है कि आप दोनों असली पुलिसवाले हैं। क्योंकि वान्या सिंह राजपूत एक अभिनेत्री है और उसके लिए नकली पुलिस लेकर आना मुश्किल काम नहीं है। क्या पता

वो आप दोनों को किसी नाटक मंच से लेकर आई हो। इसीलिए आप अपना आईडी कार्ड मुझे दिखाइए ” उसके बाद उस पुलिसवाले ने अपना आईडी कार्ड मुझे दिखाया। दूसरा पुलिसवाला आधे घंटे बाद वान्या सिंह राजपूत के साथ वहां पहुंचा। मैंने उस दूसरे पुलिसवाले को भी अपनी आईडी कार्ड दिखाने को कहा, तो वो मुझपर भड़क गया और बोला - “ एक पुलिस को उसकी वर्दी से नहीं पहचान सकते हो, मुझसे आईडी कार्ड दिखाने को कह रहे हो। चलो थाने में, तुमसे वहां **1250** रूपए का अर्थदंड राशि भरवाऊंगा ” मैंने भी उस पुलिस वाले से कहा - “ ठीक है, मैं अर्थदंड राशि भी देने को तैयार हूं। अब आप अपनी आईडी कार्ड मुझे दिखाइए। क्योंकि सुप्रीम कोर्ट का आदेश है, तो उस आदेश को तो आपको मानना ही पड़ेगा ” पहले पुलिसवाले ने दूसरे पुलिसवाले से कहा - “ सर, दिखा दीजिए अपनी आईडी कार्ड। मैंने भी इसे अपनी आईडी कार्ड दिखाया है, तब जाकर उस दूसरे पुलिसवाले ने अपनी आईडी कार्ड मुझे दिखाया और मुझसे वान्या सिंह राजपूत के घर आने का कारण पूछा। मैंने उसे अपनी सारी बातें सच-सच बता दी, इस दौरान वान्या सिंह राजपूत लगातार मेरी बात काटने का प्रयास करती रही। दूसरे पुलिस ने मुझसे कहा - “ तुम एक लड़की के घर आधी रात को कैसे जा सकते हो। क्या तुम नहीं जानते कि यह एक क्राइम है ” उस पुलिसवाले की बात सुनकर मैं मुस्कुराने लगा, तो वो पुलिसवाला मुझसे बोला - “ तू हंस रहा है, मेरे पर हंस रहा है। मैं क्या मजाक कर रहा हूं ? ” मैंने उस पुलिसवाले से कहा - “ हां, मैं जानता हूं कि एक अकेली लड़की के घर आधी रात को किसी मर्द को नहीं जाना चाहिए। लेकिन पड़ोसियों और वॉचमैन के कहने पर ही मैं उसके फ्लैट में गया, साथ में तो वॉचमैन भी गया था। जहां तक नियम की बात है, तो नियम यह भी है कि किसी अकेली लड़की के घर कोई भी पुलिस बिना महिला कांस्टेबल के नहीं जा सकता है। आपके साथ तो कोई महिला कांस्टेबल भी नहीं है, तो फिर आप कैसे आधी रात को एक अकेली लड़की के घर आ गए ? ” मेरे इस सवाल पर वह दूसरा पुलिसवाला झिझकते हुए बोला - “ वान्या सिंह राजपूत ने खुद उन्हें बुलाया था ” फिर उसने मुझसे पूछा - “ तुम कहां जाओगे ” तब मैंने उन दोनों पुलिसवालों से कहा - “ मुझे आपके साथ थाना जाना है ” क्योंकि मुझे इस वान्या सिंह राजपूत पर बिल्कुल भी भरोसा नहीं है, पता नहीं इसने मेरे खिलाफ क्या शिकायत दर्ज कराया होगा ” फिर मैं थोड़ा मायूस होकर बोला - “ मुझे भूख लगी है, वैसे भी वान्या सिंह राजपूत ने सिर्फ चाय ही पिलाया था। चाय के साथ बिस्कुट भी नहीं दिए इसने, कंजूस कहीं की ” मेरी बात सुनकर वहां मौजूद सभी लोग हंस पड़े। तभी वान्या सिंह राजपूत मुझसे बोली - “ जैम खाओगे, तुम्हारे लिए ही लेकर आई हूं ” वान्या सिंह राजपूत ने अपनी हाथ में थामे दवाइयों की प्लास्टिक थैली से जैम का डिब्बा निकालकर मेरी ओर बढ़ाते हुए कहा. मैंने साफ मना करते हुए कहा - “ नहीं चाहिए, वैसे भी मुझे आपके ऊपर रत्ती भर भरोसा नहीं है। क्या पता जहर-वहर खिला दिया तो ” वान्या सिंह राजपूत - “ तुम्हारे लक्षण ठीक नहीं है, इसीलिए तुम्हारी मां तुम्हारा ध्यान नहीं रखती है और तुम्हारे घरवाले भी तुम्हारा साथ नहीं देते हैं ” मैं उसकी बात का करारा जवाब देते हुए कहा - “ ओ हैलो, तमीज से बात करो। जानती क्या हो मेरे बारे में, इंडिया का अगला स्टार राइटर हूं और लोग इज्जत करते हैं मेरी ”

इसके बाद वान्या सिंह राजपूत ने मुझे उन दोनों पुलिसवालों के सामने ही 2 थप्पड़ मार दिए और कहा - " शुक्र मनाओ कि मैं तुम्हें सिर्फ पुलिस के हवाले कर रही हूं। वरना मैं चाहती, तो गुंडे बुलाकर तुम्हें मरवा सकती थी " ऐसा करके वान्या सिंह राजपूत ने मेरी हिम्मत को तोड़कर मुझे सबके सामने कमजोर करने का प्रयास किया था। वान्या सिंह राजपूत की इस हरकत पर मैं मुस्कुराने लगा, तो वान्या सिंह राजपूत ने उन दोनों पुलिसवालों से कहा - " देख रहे हैं आपलोग। यह जानबूझकर मुझे यहां सबके सामने परेशान करने आया है, यह सबकुछ इसकी सोची-समझी चाल है " और उसके बाद वान्या सिंह राजपूत एकदम से झल्लाकर मुझपर चीख पड़ी - " तू क्यों परेशान कर रहा है मुझे, क्या चाहिए तेरे को। तेरी वजह से मेरी रातों की नींद हराम हो रही है और मेरा सिर दर्द से फटा जा रहा है " मैं इसलिए मुस्कुरा रहा था, क्योंकि मैंने वान्या सिंह राजपूत को कोई भी ऐसा मौका नहीं दिया था, जिससे वो मुझपर ऊंगली उठा सकें और मेरे चरित्र पर सबके सामने दाग लगा सकें। वहां पर मौजूद सभी लोग भी मेरे ही समर्थन में थे और इसलिए उन दोनों पुलिस में से एक ने बांगूरनगर थाने में फोन करके महिला पुलिस अधिकारी के साथ दूसरी टीम को वहां बुलाया। मुझे गुलराज टॉवर के सामने सड़क पर एक कुर्सी देकर बैठाया गया और वहां के आसपास के लोग भी जुट गए थे। हल्की-हल्की बारिश भी शुरू हो गई थी और तभी उनमें से कुछ लोगों ने मुझसे कहा - " आपको चिंता करने की जरूरत नहीं है, हम सभी आपके साथ है " करीब आधे घंटे की इंतजार करने के बाद वहां एक पुलिस गाड़ी पहुंची। मुंबई में महिलाओं की सुरक्षा के लिए रात को अलग से एक विशेष पुलिस पेट्रोलिंग गाड़ी चलाई जाती है, जिसमें एक महिला पुलिस अधिकारी का होना अनिवार्य होता है और यह वही गाड़ी थी। दोनों पुलिस ने अपनी टीम को पूरी घटनाक्रम से वाकिफ कराया। तभी एक महिला पुलिस अधिकारी ने मुझसे पूछा - " आप क्या चाहते हैं " मैंने उस महिला पुलिस अधिकारी से साफ-साफ कह दिया - " अगर वान्या सिंह राजपूत मेरे पूरे पैसे लौटा देती है, तो मैं वापस चला जाऊंगा। लेकिन शर्त यह है कि उन्हें मेरे वापस लौटने के लिए फ्लाइट का अतिरिक्त खर्चा भी देना होगा और यदि वान्या सिंह राजपूत सोशल मीडिया पर विज्ञापन के लिए विडियो बनाने को तैयार हैं, तो इन्हें 5 अतिरिक्त महिलाओं के साथ विडियो बनाकर देना होगा। क्योंकि मेरे द्वारा इन्हें 17 हजार रुपए दिए हुए 6 महीने हो चुके हैं और इसीलिए ब्याज स्वरूप इन्हें मेरी शर्त माननी होगी। लेकिन वान्या सिंह राजपूत ने मेरी दोनों शर्त मानने से साफ इंकार कर दिया और उस महिला पुलिस अधिकारी से कहा - " न तो मैं अभी तुरंत विडियो बनाकर दे सकती हूं, न ही मैं अभी तुरंत पैसा लौटा सकती हूं। तब उस महिला पुलिस अधिकारी ने वान्या सिंह राजपूत से कहा - " देखिए मैडम, हर बात आप ही की नहीं मानीं जाएगी। या तो आप मृत्युंजय पोद्दार का पैसा लौटा दीजिए, या फिर इनका सोशल मीडिया पर विज्ञापन वाला काम कर दीजिए " लेकिन वान्या सिंह राजपूत दोनों ही शर्त मानने को तैयार नहीं थी। तब पुलिस ने मुझे और वान्या सिंह राजपूत को गाड़ी में बिठाकर अपने साथ बांगूरनगर थाना ले गई। बांगूरनगर थाना पहुंचने से पहले बीच रास्ते में गाड़ी में मौजूद पुलिसवाले ने मुझसे पूछा - " ऐसा क्या लिखा हुआ है, तुम्हारे किताब में ? " मैंने उनसे कहा - " आप खुद

ही पढ़कर देख लो ” मेरी पुस्तक का पहला पेज पढ़ते ही वह पुलिसवाला कहने लगा - “ सचमुच, दिमाग हिल गया है। और पढ़ने की हिम्मत नहीं है मुझमें ” कुछ ही देर में वह पुलिस गाड़ी बांगूरनगर पुलिस स्टेशन पहुंची, रात के 3 बजे के आसपास का समय हुआ था। बांगूरनगर थाना प्रभारी ने मेरी और वान्या सिंह राजपूत की बात सुनकर वान्या सिंह राजपूत से बॉन्ड लिखवाया और कहा - “ मृत्युंजय पोद्दार की हालत को देखिए। ऐसी परिस्थिति में भी यह अकेले झारखंड से मुंबई आए हैं, इसीलिए आप इनका पैसा 2 दिन में लौटा दीजिए ” वान्या सिंह राजपूत के बॉन्ड लिखकर वहां से जाते ही थाना प्रभारी ने मुझसे पूछा - “ तुम कहां जाओगे ” “ मुंबई में मेरा अपना कोई भी नहीं है और आधी रात को कहीं भी जाना ठीक नहीं है। देखता हूं कुछ बंदोबस्त कर पाता हूं या नहीं ” - यह कहकर मैंने अपनी मोबाइल को पावर बैंक से चार्ज किया और फिर रैपिडो ऐप्स से कैब बुकिंग किया। फिर मैं वहां से चला गया और एक होटल में ठहरा, जिसका नाम था - फैब होटल एडलोन। यह साकी नाका में स्थित था और उस वक्त सुबह के 4:38 बजे हुए थे। रैपिडो कैब के फैब होटल एडलोन पहुंचने के बाद ड्राइवर ने रिसेप्शन में बात कर एक स्टाफ को बुला कर लाया, तो मैंने उस होटल स्टाफ से पूछा - “ 1 कमरे का बुकिंग चार्ज कितना है ? ” उस होटल स्टाफ ने मुझे बताया - “ 1700 रूपये ” फिर वह स्टाफ होटल के अंदर चला गया, तो रैपिडो कैब ड्राइवर उसे फिर बुलाकर लाया। तब मैंने उस होटल स्टाफ से कहा - “ 1700 नहीं है मेरे पास, क्या 1200 रूपये में कमरा मिल सकता है ” वह होटल स्टाफ बिना कुछ बोले फिर से होटल के अंदर चला गया और एक बार फिर से रैपिडो कैब ड्राइवर ने उसे अपने साथ लेकर लाया। असल में उस होटल स्टाफ को इतनी जोर नींद आ रही थी कि वह बार-बार अधूरी बात कहकर वहां से चला जा रहा था। होटल फैब एडलोन के मैनेजर के द्वारा कहने पर स्टाफ ने मुझे बताया कि 1200 रूपये में कमरा आपको मिल जाएगा। फिर वह होटल स्टाफ रैपिडो के कैब ड्राइवर से बोला - “ तुम कहां भागे जा रहे हो ” होटल स्टाफ की बात सुनकर कैब ड्राइवर चिढ़ गया और उसने जवाब दिया - “ मैं कहां कहीं जा रहा हूं, तुम ही तो भागे जा रहे हो ” फिर उस कैब ड्राइवर और होटल स्टाफ ने मिलकर मुझे होटल के अंदर जाने में सहायता की। होटल के अंदर प्रवेश करते ही मैंने देखा कि रिसेप्शन पर एक मुस्लिम लड़की बैठी हुई थी, मैंने उनसे पूछा - “ क्या खाने का इंतजाम हो सकता है ? ” उस लड़की ने बताया - “ अभी तो किचन बंद हो चुका है, मेरे पास बिस्किट है, आप खाओगे ” मैंने मुस्कुराकर उनसे कहा - “ जी शुक्रिया, लेकिन मैं बिस्किट नहीं खाता। बच्चा थोड़ी न हूं ” तब उस रिसेप्शन में बैठी वह मुस्लिम लड़की हंसते हुए बोली - “ लेकिन मैं तो अभी भी बिस्किट खाती हूं, वो भी पानी में डूबो-डूबोकर ” फिर मैं अपने कमरे में पहुंचा, तो उस रिसेप्शन वाली लड़की ने मेरे लिए मेरे कमरे में ही चाय भिजवा दिया था। 13/06/2024 को सुबह के 5 बजे से दोपहर के 12 बजे तक के लिए ही 1200 रूपये का भुगतान करना पड़ा था। मुझे अपने मोबाइल और पावरबैंक को भी चार्ज करना जरूरी था, साथ ही मुझे नींद भी बहुत आ रही थी। खैर, उस होटल की एक बात अच्छी थी कि सुबह का नाश्ता छोले-भटूरे और 1 कप चाय मुफ्त में दिया गया था। फिर मैं तैयार होकर 12 बजे जब उस होटल से

निकला, तो होटल मालिक से मैंने पूछा - " क्या यहां कोई ऐसी जगह है, जहां पर सबसे ज्यादा भीड़ लगती है। ताकि, मैं वहां अपनी किताबें बेच सकूं " तब होटल मालिक ने मुझे बताया - " आप मैट्रो स्टेशन चले जाइए " मैंने फिर उनसे पूछा - " यह मैट्रो स्टेशन कहां पर है ? होटल मालिक - " आप घाटकोपर चले जाइए। मैं ऑटो वाले को बुला देता हूं, वो आपको मैट्रो स्टेशन तक पहुंचा देगा " घाटकोपर से मुझे याद आया कि जब मैं रांची से मुंबई की फ्लाइट पर पहुंचा, तो उस फ्लाइट में मेरी बगल वाली सीट पर एक लड़का भी मौजूद था और वो भी घाटकोपर ही जाने वाला था। वह लड़का बहुत मोटू था, ढ़ाई घंटे की सफर में वह कुछ न कुछ खाता ही जा रहा था। तब मैंने रांची से विमान के उड़ान भरने से पहले उस लड़के से कहा था - " माफ कीजिएगा, भइया जी। अगर आप इतना खाना खाएंगे, तो यह प्लेन उड़ेगा ही नहीं " इस पर सामने वाली सीट पर बैठी महिला हंसने लगी, तो फिर मैंने उस लड़के से कहा - " सॉरी, मजाक कर रहा हूं। बुरा मत मानियेगा " उसी दौरान उस लड़के ने बताया था कि वह घाटकोपर जा रहा है। उसके बाद होटल फैब एडलोन के मालिक ने ऑनलाइन बुकिंग के जरिए ऑटो को बुलाया और ऑटो वाले ने मुझे घाटकोपर मैट्रो स्टेशन पर पहुंचा दिया। लेकिन घाटकोपर मैट्रो स्टेशन पर दिनभर रहने के बाद शाम को बृहन्मुंबई महानगर पालिका का एक कर्मचारी अपने बेटे के साथ आया, मुझसे 1 बुक्स खरीदी और धूप से बचने के लिए मुझे एक नया छाता और ताइपत्री (जमीन पर बिछाने के लिए प्लास्टिक) दिया। शाम होते ही मैट्रो स्टेशन में फुटपाथ पर दूसरे दुकानदार भी दुकान लगाया करते हैं, तो मुझे देखकर उन्होंने आपत्ति जताई। तब मैंने एक दुकानदार से कहा कि मेरे यहां से जाने के लिए ऑटो बुला दीजिए। क्योंकि रैपिडो से बुकिंग करने पर कोई भी ऑटोवाला वहां आना नहीं चाहता था। फिर ऑटो आने पर वहां मौजूद फुटकर विक्रेताओं ने मुझे ऑटो में चढ़ने में सहयोग किया और जब ऑटोवाले ने मुझसे पूछा कि कहां जाना है। तब मैंने उसे अंधेरी चलने को कहा, क्योंकि मैंने सोचा था कि मैं मुंबई आया हूं और कुछ न हासिल कर पाया, तो मेरा आना ही बेकार है। हालांकि, उस वक्त मुझे यह नहीं पता था कि अंधेरी 2 भागों में बंटा हुआ है, अंधेरी ईस्ट और अंधेरी वेस्ट। आखिरकार, उस ऑटोवाले ने मुझे अंधेरी ईस्ट पहुंचा दिया और 200 रूपये मांगे। मैंने मीटर चेक किया, तो उसमें 100 रूपये किराया दिखाया जा रहा था। वह ऑटोवाला मुस्लिम लड़का था, मैंने उससे सवाल किया - " किस खुशी में 200 रूपये दूं, मीटर में तो 100 रूपये दिखा रहा है " तब उस ऑटोवाले ने मुझसे कहा - " अच्छा ठीक है, 150 रूपये दें दो " मैंने उस ऑटोवाले को 150 रूपये भुगतान करते हुए कहा - " मुझे ऑटो से उतरने में मदद कीजिए " फिर उस ऑटोवाले ने मुझे ऑटो से नीचे उतारा और फिर कुछ देर सोचने के बाद उसने मुझसे - " भाई, तुम यह 50 रूपये भी रख लो। मैं तुम्हारे से ज्यादा पैसे लूंगा, तो ऊपर अल्लाह देख रहे हैं और उन्हें हिसाब देना पड़ेगा " मैं उस ऑटोवाले को बोला - " वह आपकी समस्या है, मुझे आपने सही सलामत यहां पहुंचा दिया और यही मेरे लिए बहुत बड़ी बात है " फिर उस ऑटोवाले के वहां से जाने के बाद मैंने देखा कि वो बहुत ही सुनसान इलाका था। आसपास के लोगों से पूछने पर पता चला कि वो जगह अंधेरी ईस्ट है। थोड़ी दूर तक नजर दौड़ाने पर दिखाई पड़ा कि दूर-दूर में जो बड़ी-बड़ी

इमारतें थी, वो काफी ज्यादा जर्जर हालत में थी। इमारतों के टूटे हुए हिस्से में वहां मौजूद रहने वाले लोग पुराने कपड़े या बड़ी-बड़ी प्लास्टिक बांधकर गुजर-बसर कर रहे थे। उन बड़ी-बड़ी इमारतों की यह परिस्थिति देखकर मुझे बहुत दुख हुआ, कि कैसे अपना खुद का घर होते हुए भी उन घरों में रहने वाले लोग उसी जर्जर घरों में रहने को विवश थे। फिर मैंने गूगल पर शाहरूख खान के घर को तलाशा, तो पाया कि शाहरूख खान का घर अंधेरी वेस्ट में मौजूद हैं। फिर मैंने रैपिडो से ऑटो बुकिंग किया और फिर कुछ ही समय बाद एक ऑटो वहां पहुंच गया। आसपास मौजूद कुछ लड़कों से मैंने ऑटो में चढ़ने के लिए मदद मांगी, तो उन लड़कों ने मुझे ऑटो में बिठा दिया। उस ऑटोवाले ने मुझसे पूछा - " कहां जाना है, भइया ? " मैंने उस ऑटोवाले को बताया - " मन्नत " तब उस ऑटोवाले ने मेरी मदद करने वाले लड़कों से कहा - " देख रहे हैं, भाई लोग। ये अपने पैरों पर चल पाने में असमर्थ है, लेकिन इतनी हिम्मत रखते हैं कि शाहरूख खान से मिल सकें " तब मेरी मदद करने वाले वह लड़के, जो हमारे मुस्लिम भाई थे और वह मेरी ओर आश्चर्य से देखते हुए बोले - " भाईजान , आप शाहरूख खान के घर जा रहें हैं। आपने कुछ खाया है या फिर क्या हम आपके लिए कुछ खाने को ला दें ? " मैंने उन लड़कों से पूछा - " क्या आसपास रोटी मिल सकता है ? " तब एक लड़के ने बताया - " रोटी-सब्जी तो नहीं, लेकिन चावल मिल जाएगा " तब मैंने उन लड़कों को मना करते हुए कहा - " धन्यवाद, मैं रात में चावल नहीं खाता। आपने मेरे लिए सोचा, इतना ही बहुत है " फिर मैंने उन सभी से विदा लेते हुए ऑटो वाले को वहां से प्रस्थान करने के लिए कहा। उन लड़कों के मन में इतनी खुशी थी, कि जैसे उन्होंने किसी फिल्मी सितारे से मुलाकात कर ली हो। थोड़ी ही देर बाद वह ऑटोवाला वाला मुझे लेकर शाहरूख खान के घर मन्नत के पास पहुंचा। तब उस ऑटोवाले ने मुझे समझाते हुए कहा - " यहां शाहरूख खान के घर के आसपास किसी को भी ठहरने नहीं दिया जाता है, इसलिए बगल में एक नदी है और वहां एक ऑफिस बना हुआ है, आप उस ऑफिस के नीचे रूक सकते हैं " फिर उस ऑटोवाले ने मेरा बुक्स का बॉक्स और बाकी सामान उस नदी किनारे बंद पड़े ऑफिस के सामने रख दिया। मैं उसी बंद पड़े ऑफिस के छत के नीचे रात गुजार रहा था, कि अचानक से जोरों की बारिश आ गई। एक लगातार बारिश करती ही जा रही थी, मैं खुद को बृहन्मुंबई महानगर पालिका के कर्मचारी द्वारा दिए गए प्लास्टिक से ओढ़कर और छाता खोलकर बैठा रहा। फिर बारिश में भींगते हुए मुझे जोरों की नींद आने लगी और मैं गहरी नींद में सो गया था। आधी रात को कोई वहां आकर मुझसे कहने लगा कि यहां ठहरना मना है, निकलो यहां से और फिर उसने मेरा छाता मेरे हाथ से ले लिया। नींद में होने की वजह से मुझे लगा कि शायद उस व्यक्ति ने छाता समेटकर मेरे बगल में ही रख दिया होगा। लेकिन फिर जब बारिश का पानी मुझ पर पड़ने लगा, तो मैंने आसपास नजर दौड़ाया और मुझे मेरा छाता वहां पर नजर नहीं आया। मेरा छाता चोरी हो चुका था और मैं पूरी रात से लेकर अगले दिन सुबह तक बारिश में भींगता रहा। सुबह का सूरज निकलने पर मैंने देखा कि वहां लोगों की भीड़ उमड़ने लगी थी। क्योंकि शाहरूख खान के घर मन्नत के सामने स्थित उस नदी किनारे अक्सर लोग घूमने, सेल्फी लेने और मॉर्निंग वॉक करने आते रहते थे। मैंने सोचा - "

चलो, यहां आने का कुछ तो फायदा मिलना चाहिए। शायद मेरी कुछ पुस्तकें ही बिक जाएं " लेकिन फिर बारिश शुरू हो गई, तो मेरी सारी मंशा पर पानी फिर गई। तभी एक लड़का भी भींगते हुए वहीं पर पहुंच गया, पूछने पर पता चला कि ट्रेन से आते समय उसका मोबाइल चोरी हो गया था। उस लड़के का नाम था, हेमंत भट्ट और वह मुंबई नौकरी की तलाश में आया था, साथ ही वह फिल्म में जाने का भी शौक रखता था। उसके पास एक रूपया भी नहीं था, तो मैंने उसे पैसे देकर हम दोनों के लिए चाय-बिस्कुट मंगवाया। कुछ देर बाद वहां एक इडली-वड़ा वाला आया, तो मैंने उसे नाश्ता भी करवाया। फिर हेमंत भट्ट वहां से चला गया और कुछ देर बाद लौटा, तो उसने मुझे बताया कि उसे आसपास ही कहीं काम मिल गया है। मुझे यह जानकर खुशी हुई, कि ईश्वर ने किसी के लिए कुछ तो किया और मेरा यह कहना भी उचित होगा कि हेमंत ने भी प्रयास करने में कोई कसर नहीं छोड़ा था। फिर मेरी मुलाकात हुई मोहम्मद सैफ से, जो वहीं आसपास ही रसोइया का काम करता था। उसे अपने काम से फुर्सत मिला था, तो वह टहलता हुआ वहीं पर आया था। स्लम एरिया के बच्चे वहां पर क्रिकेट खेलने आया करते थे और मोहम्मद सैफ की उनसे अच्छी जान-पहचान थी। मैंने मोहम्मद सैफ से बातें की और फिर अपना मोबाइल उसे दिया, ताकि वो मेरे लिए शाहरूख खान के बंगले मन्नत की तस्वीरें खींचकर ला दें। क्योंकि वहां आने वाला हर व्यक्ति मन्नत के सामने खड़े होकर अपनी सेल्फी खींच रहा था और इसीलिए मैंने भी याद के तौर पर मन्नत की तस्वीरें अपनी मोबाइल पर कैद करवा लिया। फिर मोहम्मद सैफ अपने लिए दोपहर का खाना लाने बगल में ही एक होटल पर गया। कुछ समय के बाद वह अपने लिए 4 रोटी और मसूर की सूखी दाल लेकर आया, उसमें से उसने मुझे 2 रोटी और मसूर की दाल दी। अपने हिस्से में से भोजन को बांटकर खाना बहुत बड़ी बात होती है और मुझे मोहम्मद सैफ की यह दरियादिली बहुत पसंद आया था। खाना खाने के बाद मेरी तबीयत बिगड़ने लगी, क्योंकि मैं पिछले रात से सुबह तक होने वाली लगातार बारिश में कई बार भींग चुका था और ऊपर से दोपहर की तेज धूप मुझसे बर्दाश्त नहीं हो रही थी। जल्दबाजी में वहां से गुजरने वाली एक ऑटो को रुकवा कर मैं वहां से चला गया। उस ऑटो वाले ने मुझे एक होटल के पास पहुंचा दिया था, वहां पर मेरी तबीयत इतनी ज्यादा बिगड़ गई, कि मुझे उस होटल में काम करने वाले एक लड़के से दवा मंगवाना पड़ा। तबीयत ठीक होने पर मैंने अपने कपड़े खुद से धोएं, क्योंकि उस होटल में कपड़े धुलवा कर देने की सुविधा उपलब्ध नहीं थी। दूसरे दिन मैंने उन्हीं कपड़ों को पहना, जो कि पूरी तरह से सूखे भी नहीं थे। निकलते समय मैंने देखा कि मोबाइल हैंग होने की वजह से मेरे मोबाइल का सारा डाटा डिलीट हो चुका था। अपने मोबाइल को रिसेट करने के बाद मैंने देखा कि मेरे गूगल पे वाले नंबर पर रिचार्ज खत्म हो गया है। फिर मैंने अपने भाई को फोन किया, कि वो मेरे नंबर पर 180 का रिचार्ज भेज दें। लेकिन उन्होंने रिचार्ज नहीं भेजा और तब मजबूरी में मैंने उस होटल के स्टाफ से कहा कि मेरे नंबर पर रिचार्ज कर दो और मैं तुम्हें गूगल पे को चालू करते ही पैसे वापस कर दूंगा। लेकिन उस लड़के के द्वारा मेरे नंबर पर रिचार्ज करते ही, मैंने गूगल पे को वापस से खोलने का प्रयास करते हुए उस लड़के के पैसे रिटर्न करने का

प्रयास किया। अगले ही पल मेरे होश उड़ गए थे, क्योंकि मेरा बैंक ऑफ इंडिया का खाता केवाईसी न होने की वजह से ब्लॉक कर दिया गया था। मेरे पास उस लड़के को उसके रिचार्ज के पैसे लौटाने के लिए नगद पैसा भी नहीं था। सिर्फ 80 रूपया बचा हुआ था और उसमें से मैंने 30 रूपया टिप के तौर पर उस लड़के को पहले ही दे दिया था। तब मैंने उस लड़के से कहा कि अगर आसपास कोई जगह है, तो मुझे वहां तक पहुंचा दो और वहां से तुम मुझपर नजर बनाए रखना। क्योंकि मैं वैसे भी तुम्हारा पैसा दिए बगैर कहीं भी नहीं जाऊंगा, लेकिन फिर भी अगर तुम्हें मुझपर संदेह हो और इसीलिए मुझे अपने नजर के सामने ही रखना। फिर उस लड़के ने मुझे उसी होटल के सामने ही एक पेड़ के नीचे बैठा दिया, तो मैंने उससे कहा - " जब मैं तुम्हें तुम्हारे रिचार्ज के पैसे वापस करने के लिए कॉल करूंगा, तब मेरे लिए 1 कप चाय भी लेते आना " कुछ समय वहां बैठे रहने के बाद कुछ लोग वहां पहुंचे और फिर मेरी 10-12 किताबें बिक गईं। उसके बाद मैंने उस होटल के स्टाफ को कॉल किया और फिर कुछ ही देर बाद वो मेरे लिए चाय लेकर वहां पहुंचा, मैंने उस लड़के को उसके रिचार्ज के पैसे के साथ-साथ चाय के पैसे भी भुगतान कर दिये। शाम तक वहां बैठने के बाद मैंने वहां से जाने का फैसला किया और स्थानीय लोगों ने मुझे वहां से कुछ दूरी पर स्थित एक चर्च में जाकर रात बिताने को कहा। लोगों के सहयोग से मैंने एक ऑटो पकड़ा और वह ऑटोवाला मुझे उस चर्च में ले गया, लेकिन चर्च बंद हो चुका था और वह पर रूकना मना था। तब वह ऑटोवाला मुझे बांद्रा स्टेशन लेकर गया और मुझसे किराया भी नहीं लिया, जबकि उसके 200 रुपये बनते थे। मैं बांद्रा स्टेशन के प्लेटफार्म पर बैठा हुआ था, तभी वहां एक ऑटो वाला मुस्लिम भाई वहां पर पहुंचा और उसने मुझे 50 रूपये देने का प्रयास किया, तो मैंने उससे कहा - " मैं मुफ्त के पैसे नहीं लेता हूं " तब वह व्यक्ति मुस्कुराते हुए बोला - " वाह, क्या एटीट्यूड है। मैं मुफ्त के पैसे नहीं लेता, यह एटीट्यूड हमेशा बनाएं रखना " फिर उसने जबरदस्ती मेरे हाथ में 50 रूपये का नोट रखते हुए कहा - " इसे मेरी ओर से ईदी का तोहफा समझकर रख लो " फिर आसपास नजर दौड़ाने के बाद वह मुझसे बोला - " तुम यहां क्यों बैठे हो, यहां बैठने से तुम्हारी किताबें नहीं बिकेगी " फिर उसने वहां से थोड़ी दूरी पर खड़े 2 लड़कों को आवाज देकर बुलाया और उनसे कहा - " तुम दोनों इस लड़के की मदद करो और उस भीड़ वाले जगह पर बिठा दो " फिर उन दोनों लड़कों में से एक ने मेरी किताबों का बॉक्स उठाया और दूसरा मेरे साथ-साथ चलने लगा, मैं अपनी वैशाखी के सहारे उस भीड़ वाले जगह पर पहुंच गया। तब उन दोनों लड़कों में से एक लड़के ने मुझसे पूछा - " भाईजान, क्या आपको भूख लगी है और आप कुछ खाना चाहेंगे ? " मैंने उन्हें बताया - " हां, लेकिन ध्यान रहे कि मैं नॉनवेज नहीं खाता हूं " तब उन लड़कों ने कहा - " जी जरूर, हम आपके लिए वड़ा-पाव लेकर आते हैं। वैसे आप कितने वड़ा-पाव खाना चाहेंगे ? " मैंने कहा - " सिर्फ 1 वड़ा-पाव " तब उन लड़कों ने मुझसे कहा - " 1 वड़ा-पाव से क्या होगा, भाईजान। उसमें तो आपका पेट भी नहीं भरेगा " फिर वह दोनों लड़के वहां से चले गए। मैंने उन्हें नाश्ता लाने के लिए पैसा देना चाहा, लेकिन उन्होंने मना कर दिया। कुछ समय के बाद जब वह दोनों लड़के लौटकर आए, तो मेरे लिए 2 वड़ा-पाव, एक पानी बोतल और एक

कोल्डड्रिंक लेकर आये थे। सारा सामान मुझे देकर 20 रूपया अलग से दिया, तो मैंने उन्हें मना करते हुए कहा कि मुझे पैसे नहीं चाहिए। तब उस लड़के ने मुझसे कहा - " ईदी का तोहफा समझकर रख लिजिए भाईजान, हमें खुशी होगी " उन बच्चों से पैसा लेना मुझे बिल्कुल भी अच्छा नहीं लग रहा था, लेकिन इसके बावजूद मैंने उन्हें मना नहीं किया। रात को मैं उसी प्लेटफार्म पर सो गया था और बीच-बीच में हल्की-हल्की बारिश भी कर रही थी। खुद को प्लास्टिक में लपेटकर मैं सोया रहा। दूसरे दिन सुबह-सुबह कुछ पुलिसवाले वहां पर आए और सभी को वहां से हटाने लगें। वह दिन दिनांक 17 जून 2024 ईद का दिन था और उस प्लेटफार्म पर मुस्लिम समुदाय के लोग नमाज अदा करने वाले थे। इस बात की जानकारी मुझे बीती रात को ही मिल गई थी, लेकिन वहां के लोगों ने मुझसे कहा कि आप सिर्फ एक किनारे ही बैठे रहियेगा। मगर पता नहीं बांद्रा पुलिस को क्या समस्या थी, कि सुबह होते ही बाकी लोगों को हटाने के साथ-साथ मुझे भी उठाकर बगल में नंदी गली तक पहुंचा दिया था। उन पुलिसवालों के बर्ताव पर मैंने उनके सीनियर अधिकारी से कहा - " क्या मैं आपको अपराधी दिखाई देता हूं, जो मेरे साथ आपने ऐसा व्यवहार किया " वह सीनियर अधिकारी शर्मिंदा हो गया और उसके पास मेरे सवाल का कोई जवाब नहीं था। सभी मुस्लिम समुदाय के लोगों द्वारा नमाज अदा करने के बाद मैंने देखा कि नंदी गली में धूप बहुत तेज हो गई थी। तब मैंने रैपिडो से ऑटो बुकिंग किया और कुछ ही समय के बाद वह ऑटोवाला वहां पहुंचा, फिर वो मुझे अपने ऑटो में चढ़ने में मदद करने लगा। तभी वहां एक बोलेरो गाड़ी वाला आकर जोर-जोर से हॉर्न बजाने लगा, तो वो ऑटोवाला जोरों से उस पर चिल्लाने लगा - " दिखाई नहीं देता है तेरे को, मैं किसी की मदद कर रहा हूं। तेरे अंदर इंसानियत है या नहीं, कि वो भी मर गई है " उस ऑटोवाले की बात सुनकर वह बोलेरो गाड़ी वाला पूरी तरह खामोश रह गया था। फिर उस ऑटोवाले ने मुझे बांगूरनगर पुलिस स्टेशन पहुंचा दिया। वहां जाकर मैंने पुलिस को बताया कि आपने जो वान्या सिंह राजपूत को 2 दिन का समय दिया था, उसके 2 दिन बाद वान्या सिंह ने मुझे गूगल पे से यूपीआई के जरिए 4001 रूपए पैमेंट किए और जब मैंने उनसे अपने बाकी पैसे मांगे, तो वान्या सिंह राजपूत ने मुझे व्हाट्सएप चैट के जरिए धमकी दी कि मैं पुलिस में जाकर कह दूंगी, मृत्युंजय पोद्दार ने मेरे साथ जबरदस्ती की है और मुझे अश्लील गालियां दी। फिर तुम मारे जाओगे। यह मैसेज पढ़ने के बाद मैं वापस बांगूरनगर थाना आया हूं, तब थाना प्रभारी ने यह कहकर अपना हाथ खड़ा कर दिया कि हमें जो करना था हमने कर दिया और अब हम कुछ नहीं कर सकते हैं। तुम जाओ, और दीवानी केस के तहत कोर्ट में केस लड़ो। मुंबई में रहते हुए ही मैंने पीएमओ में शिकायत दर्ज कराया था, यह सोचकर कि शिकायत को बांगूरनगर थाना भेजा जाएगा। लेकिन मेरे पीएमओ शिकायत को सरायकेला पुलिस के पास कारवाई के लिए भेज दिया गया था। फिर मैंने सोचा कि मैं जब मुंबई आया ही हूं, तो फिर कुछ धमाल मचाकर ही वापस जाऊं। मैंने रैपिडो से ऑटो बुकिंग किया और पहुंच गया रोहित शेट्टी पिक्चर्स। क्योंकि मेरे बैंक अकाउंट का केवाईसी नहीं होने की वजह से मेरे अकाउंट को

ब्लॉक कर दिया गया था और इसलिए मैं यूपीआई के जरिए लेन-देन नहीं कर पा रहा था। इस वजह से मुझे ऑटोवालों को नगद राशि का भुगतान करना पड़ रहा था।

छुट्टे पैसे नहीं होने पर, मैं ऑटोवाले को यह कहते हुए पैसे लौटाने से मना कर देता था - " मेरे हाथ-पैर कमजोर है, दिल और दिमाग नहीं। दिल से अमीर हूं और दिमाग से ताकतवर "

रोहित शेट्टी पिक्चर्स फिल्म प्रोडक्शन हाउस के मालिक हैं बॉलीवुड फिल्म डायरेक्टर रोहित शेट्टी और उनकी प्रोडक्शन हाउस अंधेरी वेस्ट में स्थित है। वहां पहुंचते ही बारिश शुरू हो चुकी थी और इसीलिए मुझे कुछ देर वहीं पर ठहरना पड़ा। लेकिन उस वक्त रोहित शेट्टी वहां पर मौजूद नहीं थे और इसीलिए मैंने उनके लिए अपनी लिखी हुई एक बुक्स उनके ऑफिस में ही छोड़ आया। बारिश के रूकते ही मैं गया शाहरूख खान के ऑफिस रेड चिलीज एंटरटेनमेंट में, जो सांताक्रुज वेस्ट में मौजूद था। लेकिन वहां जाने पर पता चला कि वहां पर तैनात सुरक्षाकर्मियों ने ही 3 महीने से शाहरूख खान को वहां आते नहीं देखा है। मैं वहीं पर थोड़ी दूर पर एक पेड़ के नीचे बैठ गया, ताकि कुछ किताबें बेच सकूं। लेकिन संयोग से वहां पर एक विकलांग व्यक्ति पहुंच गया, जो मुस्लिम था और अपना 1 पैर नहीं होने की वजह से वो वैशाखी के सहारे चलता था। वह मुझसे मेरे बारे में पूछने लगा, तभी वहां पर संयोग से एक लड़का पहुंच गया और उसने मुझे देखते ही पहचान लिया, वह मेरे बारे में कहने लगा - " अरे, यह तो बहुत पहुंचे हुए हस्ती है। यह खुद लेखक हैं और अपनी किताब खुद ही बेचते हैं " तब मैंने उस लड़के से कहा - " जी धन्यवाद, क्या आप मेरी एक छोटी-सी सेवा कर देंगे। अगर आसपास चाय दुकान हो, तो थोड़ी चाय ला दीजिए ना " मैंने उस लड़के को 10 रूपया देते हुए बोला। लेकिन उस लड़के ने पैसे लेने से मना कर दिया और उसने खुद से 10 रूपया उस विकलांग व्यक्ति को देते हुए कहा कि वो मेरे लिए चाय का बंदोबस्त कर दें। मैं अपने बारे कुछ और उस लड़के को बता पाता, इससे पहले ही उस विकलांग व्यक्ति ने उस लड़के से कहा - " कुछ और पैसे दो, मैं भी खाऊंगा और इसे भी खिलाऊंगा " मैंने इशारे से उस लड़के को अतिरिक्त पैसे देने से मना कर दिया। उस लड़के के वहां से चले जाने के बाद वह विकलांग व्यक्ति मुझसे कहने लगा - " लोगों से पैसे मांगा कर, नहीं तो क्या खायेगा। अपने लिए नहीं, तो मेरे बारे में तो सोच " मुझे उसपर बहुत गुस्सा आ गया था - " भीख मांगूंगा, तो पाप लगेगा मुझे। मुझे मेरे भगवान और तुम्हें तुम्हारे अल्लाह माफ नहीं करेंगे " लेकिन इसके बावजूद उस हरामखोर ने मेरी जींस पैंट के जेब से 30 रूपये निकाल लिये और मेरे लिए चाय लाने चले गया। तभी वहां पर एक माताजी पहुंची और मुझसे मेरे बारे में पूछने लगी, तब मेरे द्वारा सबकुछ बताने के बाद वो माताजी मुझसे बोली - " बेटा, तुम अपने शहर में वापस लौट जाओ। यह अनजान शहर तुम्हारे लिए नहीं है, यहां मुर्दा को भी नहीं छोड़ा जाता है और तुम्हें भी नहीं बख्शेंगे " मैंने उन माताजी से कहा - " जी, मैं जल्दी ही वापस लौट जाऊंगा। आपके सुझाव के लिए आपका धन्यवाद " फिर उस माताजी ने

मुझसे 1 बुक्स खरीदा और वहां से चली गई। मैंने मौके की नजाकत को समझते हुए तुरंत रैपिडो ऐप्स पर ऑटो बुकिंग किया और ऑटो के वहां पहुंचते ही मैं वहां से चल पड़ा देवगन फिल्म प्रोडक्शन हाउस। कारण यह था कि मुझे उस विकलांग व्यक्ति की नीयत पर संदेह हो गया था और तेज बारिश भी आने वाली थी। देवगन फिल्म प्रोडक्शन हाउस जुहू में स्थित था और इसके मालिक थे अजय देवगन। वहां पहुंचते ही बारिश शुरू हो चुकी थी और उस ऑटोवाले ने मुझे वहीं पर एक यात्री पड़ाव पर बिठा दिया, फिर मुझसे कहने लगा - " मानना पड़ेगा आपको, मुंबई में रहकर भी आज तक मैं कभी अजय देवगन से नहीं मिल पाया और क्या आपको खुद पर पूरा यकीन है कि आप उनसे मुलाकात कर पायेंगे " तब मैंने मुस्कुराते हुए उस ऑटोवाले से कहा - " कोशिश...!! जब मैं यहां पर अजय देवगन के ऑफिस तक पहुंच सकता हूं, तो मैं उनसे मुलाकात करने का प्रयास भी अवश्य करूंगा " इसपर वह ऑटोवाला मुझसे बोला - " मेरी ईश्वर से प्रार्थना है कि आप अवश्य ही अपने उद्देश्य में सफल होंगे " फिर वह ऑटोवाला वहां से चला गया। बारिश एक लगातार करती ही जा रही थी और रूकने का नाम ही नहीं ले रही थी। वहां यात्री पड़ाव पर एक 2 व्यक्ति पहले से बैठे हुए थे, एक व्यक्ति को अपने काम पर जाने के लिए बस का इंतजार था और दूसरा व्यक्ति यूं ही बारिश से बचने के लिए वहां पर रूका हुआ था। जो व्यक्ति काम पर जाने के लिए रूका हुआ था, बस के आते ही वह वहां से चला गया। जो व्यक्ति बारिश के छूटने का इंतजार कर रहा था, मेरी उनसे ईश्वर और इंसानियत के मुद्दे पर बात होने लगी थी। बारिश के छूटते ही मैंने उन्हें 10 रूपया देते हुए कहा - " क्या आप मेरी एक सेवा कर देंगे। क्या आप मुझे 1 कप चाय ला देंगे " उस व्यक्ति ने मुझे कहा - " जी, मैं देखता हूं। आप अपना पैसा रखिये, मैं अपने पैसे से चाय लेकर आता हूं " कुछ समय के बाद वह इंसान मेरे लिए चाय और बिस्किट लेकर लौटा और उसने चाय 2 डिस्पोजल कप में डाला। बारिश की वजह से मुझे बहुत ठंड लग रही थी, तो उस इंसान ने एक कप चाय मेरी और बढ़ाते हुए कहा - " मैं पिला दूं आपको, ऐसा करके मुझे बहुत खुशी होगी " मैंने उस व्यक्ति को अनुमति देते हुए कहा - " जी जरूर " उसके बाद उस व्यक्ति ने अपने हाथों से मुझे चाय पिलाया और फिर मेरे चाय पी लेने के बाद वह व्यक्ति वहां से चला गया। उसके बाद मैं उसी यात्री पड़ाव में बैठा रहा। क्योंकि लगातार बारिश भी कर रही थी, तो इसलिए मैं कहीं भी जा पाने में असमर्थ था। उस यात्री पड़ाव में जगह इतनी छोटी थी कि मुझे वहां बैठने में बहुत दिक्कत हो रही थी और देखते ही देखते शाम भी हो गया था, मेरा मोबाइल का बैटरी और पावर बैंक दोनों पूरी तरह डिस्चार्ज हो चुका था। कहीं भी कोई भी उम्मीद मेरे लिए बची हुई नहीं थी, क्योंकि बिना मोबाइल के मैं कुछ भी कर पाने में असमर्थ था। मेरे लिए अपनी मोबाइल को चार्ज कर पाना ही बहुत असंभव कार्य था, क्योंकि मुंबई जैसे शहर में ना तो मेरा कोई जान पहचान था और ना ही कोई ऐसा व्यक्ति जिस पर मैं बहुत ज्यादा यकीन कर पाता। लेकिन कहते हैं ना जिनकी नीयत सच्ची हो, ऊपर वाला कभी भी उसे अकेला नहीं छोड़ता। मेरे साथ भी उस वक्त कुछ ऐसा ही हुआ था, रात के 9:00 बजे हुए थे और तभी वहां पर वही व्यक्ति पहुंचा, जो सुबह के वक्त उसी यात्री पड़ाव से बस पकड़ कर अपने नौकरी पर गया हुआ था। मैं यह

बात अच्छी तरह से जानता था कि मिडिल क्लास वाले लोग कभी भी किसी से भी जल्दी धोखाधड़ी नहीं करते हैं और इसलिए मैंने उस व्यक्ति से कहा - " क्या आप मेरी एक सहायता कर देंगे, मेरा पावर बैंक पूरी तरह से डिस्चार्ज हो चुका है। क्या आप इसे अपने घर से चार्ज करके ला देंगे ? " तब उस व्यक्ति ने मुझसे कहा - " हां बिल्कुल, लेकिन मैं बदले में आपकी लिखी हुई किताब लेना चाहूंगा " मैंने अपनी मंजूरी देते हुए कहा - " मुझे बेहद खुशी होगी " फिर उसके बाद अपना पावर बैंक और चार्जर उस व्यक्ति को दिया, वह व्यक्ति मुझे अपना मोबाइल नंबर लिख कर देने लगा। तब मैं उस व्यक्ति से बोला - " इसकी आवश्यकता नहीं है, मुझे आप पर पूरा भरोसा है और अपने ईश्वर पर उससे भी कहीं ज्यादा भरोसा है " फिर उस व्यक्ति ने मुझसे कहा - " अगर मैं किसी कारणवश नहीं आ पाया, तो आप क्या करेंगे " मैं मुस्कुरा कर उस व्यक्ति को बोला - " अगर आप नहीं आए, तो ज्यादा से ज्यादा क्या ही होगा ? हम अपने शहर में लौट नहीं पाएंगे और रह जाएंगे आपके शहर में " फिर वह व्यक्ति अपने साथ मेरा पावर बैंक, चार्जर और मेरी लिखी हुई पुस्तक - मां कहानी एक समर्पण की, का एक प्रति लेकर अपने घर चला गया। मैं पूरी रात उसी यात्री पड़ाव में बैठे-बैठे रातें गुजारने लगा, क्योंकि वह यात्री पड़ाव बहुत छोटी-सी थी और इसलिए उस पर सोना मेरे लिए संभव नहीं था। फिर भी बहुत मुश्किल से पूरी रात जागते हुए, मैं बॉलीवुड सिंगर हिमेश रेशमिया के गाने गुनगुनाने लगा - " ओ...ओ... हुजूर, तेरा तेरा तेरा सुरूर.......! " बिना खायें-पीयें काफी मुश्किल से मैंने वह वक्त बिताया था और वह कैसी मुश्किल घड़ी थी, यह मैं ही जानता था। आखिरकार, सुबह हो चुकी थी और मुझे बहुत तेज भूख लगी हुई थी। सुबह के 8:00 बजे के आसपास वहां पर एक सफाईकर्मी आया। उनके हाव-भाव से ही मैंने पता लगा लिया था कि वह बहुत सज्जन व्यक्ति थे। मैंने उस सफाईकर्मी को आवाज लगाई - " अंकल जी, एक सेवा कर देंगे जी " तब वह सफाई कर्मचारी ने मुझसे बोला - " हां बेटा, बोलिए " फिर मैंने उन सफाई कर्मचारी से कहा - " 1 कप चाय ला देंगे जी " मेरी बात सुनकर उन सफाई कर्मचारी ने अप्रत्याशित रूप से अपनी खुशी जाहिर की - " अरे वाह बेटा, अभी आपके लिए चाय मंगवा देते हैं " मैंने उन्हें पैसे देने का प्रयास किया, लेकिन उन्होंने पैसे नहीं लिये। फिर उस सफाईकर्मी ने बगल में मौजूद एक आदमी को चाय लाने को कह दिया और कुछ समय के बाद वह व्यक्ति वहां मौजूद सभी लोगों के अलावा मेरे लिए भी चाय लेकर आया। मेरे चाय पीते-पीते अचानक से जोरों की बारिश शुरू हो गई थी और इतने में एक भिखारी बारिश में भींगता हुआ उसी यात्री पड़ाव में पहुंच गया। कुछ देर बारिश करते रहने के बाद, जब बारिश छूटी तो वह भिखारी वहां से चला गया। थोड़ी ही देर के बाद दुबारा से जोरों से बारिश गिरने लगी, तो वह भिखारी फिर से उसी यात्री पड़ाव में लौट आया और कहने लगा - " यह बारिश ने परेशानी में डाल दिया है "

तब मैंने उस भिखारी से पूछा - " क्या काम करते हो ? " वह भिखारी मुझसे बोला - " भीख मांगता हूं लोगों से " तब मैंने उसे जवाब दिया - " बड़े पापी आदमी हो। पाप करते हुए शर्म नहीं आती है तुम्हें। अच्छा-खासा शरीर है तुम्हारा, काम क्यों नहीं करते हो "

तब वह भिखारी मुझसे कहने लगा - " मैं लोगों से हाथ फैलाकर पैसे नहीं मांगता हूं, लोग खुद पैसे देते हैं " फिर मैंने उस भिखारी से कहा - " भीख मांगने पर मिले या बिना मांगे कोई दें, भीख तो भीख ही होता है। भीख मांगकर मुश्किल से एक वक्त का खाना खा पाते होंगे और खुद से मेहनत कर पैसे कमाते, तो 3 वक्त का खाना सुकून से खा पाते। मेहनत से हासिल किये हुए पैसे में खुशी मिलती है और उस पैसे से खरीदें हुए खाने में स्वाद होता है "

फिर मैंने उस भिखारी को सड़क के उस पार का नजारा दिखाते हुए कहा - " उन ऑटो को पानी से धोने वाले लोगों को देख रहे हो, खुद का उनके पास कुछ भी नहीं है। लेकिन इसके बावजूद वो चापाकल से पानी लाकर ऑटो को धोकर पैसे कमा रहे हैं " तभी वह सफाईकर्मी अपनी काम समाप्त करके वापस मेरे पास लौटकर आया और मुझसे पूछने लगा - " कुछ खाओगे " मैंने उनसे कहा - " जी, बहुत भूख लगी। यहां आसपास खाने को क्या मिलेगा ? " वह सफाईकर्मी मुझसे बोला " यहां से थोड़ी दूर पर इडली और मेंदूवड़ा मिलता है " तब मैंने उन सफाईकर्मी को पैसे देते हुए कहा - " मुझे 2 इडली ला दीजिए " " इसकी आवश्यकता नहीं है " - मुझसे पैसे लेने से इंकार करते हुए वह सफाईकर्मी बोला - " मैं अभी आता हूं " कुछ समय के बाद जब वह सफाईकर्मी वापस लौटा, तो मेरे लिए 5 इडली लेकर आया था। उसने मुझे इडली दी और वहां से चला गया। मेरे नाश्ता कर लेने के बाद वह व्यक्ति भी वहां पहुंच गया, जिसे पिछली रात को मैंने अपना पावर बैंक चार्ज करने के लिए दिया था। उसने मुझे मेरा पावर बैंक सौंपा और वहां से अपने काम पर चला गया। उस यात्री पड़ाव की छोटी-सी जगह पर 24 घंटे बैठे-बैठे पूरी रात गुजारना आसान बात नहीं था। पावर बैंक के मिलते ही मैंने तत्काल अपनी मोबाइल को चार्ज किया और गूगल मैप्स पर एक बजट होटल की तलाश की। जब मैं उस होटल में पहुंचा, तो मैंने देखा कि वहां पर लिफ्ट की सुविधा नहीं है। तब उस होटल के मैनेजर ने मुझे एक प्लास्टिक कुर्सी पर बिठाया और अपने स्टाफ के साथ मिलकर कुर्सी समेत मुझे 3 मंजिला पर पहुंचा दिया। उनका यह प्रयास देखकर मैं आश्चर्यचकित होने के साथ-साथ खुश भी हुआ। बातचीत के दौरान उस होटल मैनेजर ने मुझे बताया कि वो भी हजारीबाग का रहनेवाला है, तो मैंने उनसे कहा - " जानकर खुशी हुई कि आप भी झारखंड से है " फिर मैंने मजाकिया अंदाज में उनसे पूछा - " वैसे आपका व्यवसाय कैसा चल रहा है मुंबई में, साल भर में 1-2 करोड़ का टर्नओवर हो जाता है ना ? " मेरे सवाल पर उस होटल मैनेजर ने जवाब दिया - " नहीं ना, वो तो हमारे झारखंड में रोजगार लायक परिस्थिति अभी तक बनी नहीं है। वरना, अपना स्वदेश छोड़कर इतनी दूर कौन आना चाहेगा " मैंने उस मैनेजर से कहा - " मैं समझ सकता हूं। क्या आप मेरी एक सहायता करवा देंगे ? " मैनेजर - " जी बोलिये " मैंने उनसे कहा - " कल मुझे वापस अपने शहर लौटना है, क्या आप मेरी फ्लाइट बुकिंग करवा देंगे " मैनेजर - " आप चिंता न करें, मैं आपकी फ्लाइट बुकिंग करवा दूंगा " उसके बाद मैंने 1 कप कॉफी मंगवाया और कॉफी पीने के बाद फ्रेश होने चला गया। फ्रेश होकर बाहर अपने कमरे में आया, तो काफी देर हो चुकी थी और मेरी आदत है कि मैं

समय रहते खाना खाता हूं। असमय खाना खाने की मुझे आदत नहीं है और इसीलिए मैं असमय खाना नहीं खाता हूं। मुंबई में रहते हुए मैंने अपनी लिखी हुई किताब इतनी बेच ही दी थी, कि मेरे जमशेदपुर लौटकर आने लायक पैसे हो गए थे। शाम के वक्त वह मैनेजर अपने साथ एक व्यक्ति को लेकर आया और उस व्यक्ति ने अपनी मोबाइल पर मेरे लिए फ्लाइट बुकिंग कर दिया, फिर मैंने उसे फ्लाइट बुकिंग के पैसे दिए और उसने मुझे बुकिंग का टिकट मेरे मोबाइल पर भेज दिया। उस होटल में रहते हुए मैंने अधिकतर बार चाय-कॉफी और दूध पीकर ही समय गुजारा, क्योंकि वहां खाना बहुत ही महंगा था। सिर्फ 2 आलू परांठे के 400 रूपये भुगतान करने पड़े थे और खाना लाकर पहुंचाने वाले ने भी इसके बदले में अलग से 50 रूपये लिये थे। खैर, दूसरे दिन सुबह हुई और मैं जल्दबाजी में बिना खायें-पीयें मुंबई एयरपोर्ट जाने के लिए रैपिडो से ऑटो बुकिंग किया। ऑटोवाला आया तो जरूर था, लेकिन मुझे एयरपोर्ट ले जाने से इंकार करने लगा था। क्योंकि मेरी शारीरिक स्थिति को देखते हुए, वह मुझे एयरपोर्ट नहीं ले जाना चाहता था। तब उस होटल के मैनेजर ने अपने स्टाफ नवीन यादव से कहा - " पहले इन्हें सही-सलामत एयरपोर्ट तक पहुंचाकर आइए " फिर नवीन यादव मेरे साथ ही उसी ऑटो में बैठ मुंबई एयरपोर्ट तक गया और फिर मुझे इंडिगो एयरलाइंस के स्टाफ के सुपुर्द कर वापस लौटने लगा। तब मैंने उनसे पूछा - " आपके वापस होटल तक पहुंचने का किराया कितना लगेगा ? " नवीन - " सिर्फ 100 रूपया काफी है " मैंने अपनी जेब से 100 रूपया निकालकर उन्हें देते हुए कहा - " इतने पैसे में हो जाएगा ना, यह कम तो नहीं पड़ेगा ना आपको ? " नवीन यादव - " जी बिल्कुल, आपको मैं कभी नहीं भूलूंगा। आप सच में बहुत अच्छे इंसान हो और अगर किस्मत ने चाहा, तो हमारी मुलाकात दुबारा जरूर होगी " " जी, बिल्कुल " - यह कहते हुए मैंने नवीन यादव से विदा लिया। आखिरकार, मुझे वापस अपने जमशेदपुर लौटकर आने की खुशी थी और दिल में बहुत सुकून था कि मैं वापस अपने शहर में और अपनों के शहर में लौटकर आने वाला था। फिर मैं उसी दिन मुंबई से रांची एयरपोर्ट पहुंचा, तो संयोग से वहां एक कैब ड्राइवर मिल गया और उसने मुझे जमशेदपुर तक पहुंचाया। जमशेदपुर पहुंचने पर मुझे जुकाम हो गया था और इसीलिए मैंने उस ड्राइवर से कहा - " क्या आप मेरी एक सेवा कर देंगे, यहां से थोड़ी दूर पर खावगली में लिट्टी-चोखा मिलता है और क्या आप मुझे ला देंगे " ड्राइवर - " जी, मैं अभी लेकर आता हूं " फिर थोड़ी देर बाद वो ड्राइवर मेरे लिए लिट्टी-चोखा लेकर आया, तो मैंने उसे पैसे देने का प्रयास किया। लेकिन उस कैब ड्राइवर ने मुझसे पैसे लेने से इंकार करते हुए कहा - " माफी कीजिएगा, लेकिन इतनी सेवा करने का मौका हमें भी दीजिए " दूसरे दिन दोपहर के वक्त वहीं लड़का मुझसे मिलने वहां आया, जो मेरे मुंबई जाने से पहले मुझसे मिलने आया था। मुझे मुंबई से सकुशल लौटे देख वह बहुत प्रसन्न हुआ - " आपको मुंबई से लौटे देखकर मुझे अच्छा लग रहा है। देखा न आपने, कैसे लोग रहते हैं मुंबई में " तब मैंने उनसे कहा - " जी, मैंने यह अनुभव किया है। सच कहूं तो, मुझे भगवान को देखने के लिए मंदिर जाने की आवश्यकता नहीं है, आपको देखता हूं तो मुझे आपमें भगवान नजर आ जाते हैं। मैंने अपने जीवन में जितने भी लोगों से मुलाकात की है, उन सभी लोगों से कहीं ज्यादा

आपके लिए मेरे दिल में हमेशा विशेष सम्मान होगा ” उस अनजान व्यक्ति ने मुझसे कहा - “ मैं अपनी तसल्ली के लिए आपको देखने आया था और अब मुझे जाना होगा। मैं आज के बाद दुबारा कभी भी आपसे मिलने नहीं आऊंगा। क्या मेरे जाने से पहले आप मेरा नाम जानना चाहेंगे ? ” मैंने उनसे कहा - “ जी, बिल्कुल भी नहीं। मैं आपका नाम जानकर आपकी तौहीन नहीं करना चाहता हूं और ना ही आपके सम्मान को कम करना चाहता हूं ” फिर उस अजनबी ने मुझसे विदा लेकर वहां से चला गया और कभी भी लौटकर मुझसे मिलने नहीं आया। मैं कभी भी भगवान को नहीं मानता था, लेकिन इस घटना के बाद मुझे भगवान पर विश्वास हो गया था। फिर 3 महीने बाद सरायकेला पुलिस ने मुझे फोन करके थाने बुलाया। चुंकि, मैं जमशेदपुर में ही फुटपाथ पर रहकर बुक्स बेचता था। इसीलिए मैं सरायकेला थाना नहीं जा पाया। सरायकेला पुलिस ने मेरे घर जाकर मेरे मंझले भाई से पूछताछ की और मेरे मंझले भाई ने उल्टे मेरे विरुद्ध पुलिस को ऊटपटांग बयान दे दिया। जिसके बाद सरायकेला पुलिस ने बिना कोई कारवाई के और बिना मेरी सहमति के शिकायत को बंद कर दिया। तब दिनांक 02/08/2024 को मैं बहुत ही मुश्किल परिस्थितियों में बिना चप्पल पहने बारिश में भींगते हुए अकेले ही सरायकेला थाना गया और मैं करीब दोपहर के 3 बजे के आसपास सरायकेला थाना पहुंचा था, एसआई सतीश बर्नवाल को पूरी मामले से अवगत कराया। साथ ही, उनसे अनुरोध किया कि वो मेरा ऑफिशियल एफआईआर दर्ज करें। लेकिन एसआई सतीश बर्नवाल लगातार ऑफिशियल एफआईआर दर्ज करने से मना करते रहे। उन्होंने इस दौरान लगातार आरोपी वान्या सिंह राजपूत की तरफदारी करते हुए कहा कि वो बहुत खूबसूरत है, बेचारी है और अबला नारी है। चूंकि, थाना प्रभारी का कमरा दूसरी तरफ था और इसलिए मेरा उन तक पहुंच पाना संभव नहीं था। मैंने एसआई सतीश बर्नवाल से यह भी कहा कि आप थाना प्रभारी जी को बुला दीजिए, मैं उनसे बात कर लूंगा। मैंने थाना प्रभारी जी को फोन भी किया था और उन्होंने कहा कि मैं अपनी शिकायत एसआई सतीश बर्नवाल की मदद से दर्ज करवा लूं। लेकिन एसआई सतीश बर्नवाल लगातार टालमटोल करते रहे। जब मैंने एसआई सतीश बर्नवाल से कहा - “ सरायकेला पुलिस को मेरी कोई कद्र ही नहीं है। साकची पुलिस को देखिए, डीएसपी ने खुद मेरे लिए गाड़ी भेजकर मुझे बुलाया और चाय भी पिलाई ” तब बातों ही बातों में एसआई सतीश बर्नवाल ने मुझसे कहा - “ मेरा नाम सतीश बर्नवाल है, मैं किसी से भी चवन्नी खाता नहीं और चवन्नी खिलाता नहीं ” मैं उनकी बात सुनकर हंसने लगा - “ मिस्टर सतीश बर्नवाल, यह साल 2024 चल रहा है और आप चवन्नी की बात कर रहे हैं, इससे तो यही पता चलता है कि आपमें अज्ञानता कितनी ज्यादा है। किस मुर्ख ने आपके जैसे इंसान को यह वर्दी पहनाया है ? ” फिर कुछ गंभीर होने के बाद मैंने एसआई सतीश बर्नवाल से कहा - “ आपको किस बात का इतना गुरूर है ? यह वर्दी आपको जनता की रक्षा और सुरक्षा के लिए प्रदान किया गया है। जब देश की जनता टैक्स भरती है, तब उसी टैक्स के पैसे से आपको वेतन दिया जाता है। पब्लिक सर्वेंट का मतलब समझते हैं आप, यानी कि जनता का नौकर और आप जनता के साथ ही नौकरों जैसा बर्ताव कर रहे हैं ” तब जाकर मैंने सरायकेला एसपी को 2 बार फोन किया और

फिर एसपी के कहने पर मजबूरन थाना प्रभारी ने एक स्टाफ को मेरा केस दर्ज करने के लिए मेरे पास भेजा। लेकिन थाना प्रभारी की ओर से भेजे गए स्टाफ ने मुझसे सिर्फ लिखित शिकायत देने को कहा और उन्होंने मुझसे यह कहा था कि शिकायत को ऑफिशियल बनाने में 24 घंटे लगेंगे। उसके बाद केस नंबर रजिस्टर्ड चिट्ठी, ईमेल या व्हाट्सएप से भेज दिया जाएगा। लेकिन जबकि यह केस मुंबई का है, तो इसलिए थाना प्रभारी ने बताया है कि आपको 10 हजार रुपए पहले देने होंगे। तभी सरायकेला पुलिस मुंबई जाकर आपके केस पर छानबीन कर पाएगी और आपकी शिकायत को ऑफिशियल एफआईआर बनाकर आपको केस नंबर प्रदान किया जाएगा। मैंने उस स्टाफ से कहा - " ठीक है, मैं थाना प्रभारी जी को 10 हजार रुपए दे दूंगा। लेकिन पहले मेरा केस दर्ज कर लिजिए " मैंने ऐसा जानबूझकर कहा था कि मैं पैसे दूंगा। उसके पश्चात थाना प्रभारी के भेजे हुए स्टाफ ने मुझे सादा कागज और कलम पकड़ा दिया। कागज और कलम से लिखने की मेरी आदत नहीं है और इसीलिए मैंने अपनी शिकायत मोबाइल पर टाइप किया, फिर वह स्टाफ दुबारा लौटा और फिर मैंने व्हाट्सएप से उसके नंबर पर अपनी टाइप की हुई शिकायत भेज दी। थाना प्रभारी का भेजा हुआ वह स्टाफ मेरी शिकायत की 2 कॉपी नजदीकी साइबर कैफे से बनाकर लाया और मेरे हाथ में थमा कर वहां से चला गया। ऐसा करने में मुझे शाम के 6 बज गए थे। तब तक वहां एसआई सतीश बर्नवाल और थाना प्रभारी पहुंचे, तो मैंने अपनी शिकायत की एक कॉपी उन्हें सौंप दिया और शिकायत की दूसरी कॉपी पर उनका हस्ताक्षर मांगा। लेकिन थाना प्रभारी ने मेरे शिकायत का रिसिविंग देने से मना कर दिया और एसआई सतीश बर्नवाल ने मुझसे कहा कि आपकी शिकायत की रिसिविंग कॉपी आपके घर पर भेज दिया जाएगा। साथ ही, 24 घंटे बाद आपको केस नंबर व्हाट्सएप से भेज दिया जाएगा। फिर मैंने थाना प्रभारी से अनुरोध किया कि मुझे घर तक पहुंचा दिया जाए. तब थाना प्रभारी ने वहां मौजूद 2 शराबियों से कहा कि वो अपनी गाड़ी से मुझे घर तक पहुंचा दें और उसके बाद वहां पर मौजूद लोगों ने ऐसा करने से मना किया, तब जाकर मेरे मंझले भाई को फोन करके वहां बुलाया गया. उसके बाद मैं सरायकेला थाने से अपने घर लौट आया और दूसरे दिन वापस अपनी लिखी हुई पुस्तक बेचने के लिए जमशेदपुर लौट गया। इस दौरान मैं थाना प्रभारी को फोन करके अपनी केस से संबंधित जानकारी लेता रहा, लेकिन हर बार वो टालमटोल करते रहे और फिर कह दिया कि केस का इंचार्ज एसआई सतीश बर्नवाल को बनाया गया है। उसके बाद मैंने सतीश बर्नवाल से अपनी केस की जानकारी लेने का प्रयास किया और अपना केस नंबर मांगा। मैं जब भी एसआई सतीश बर्नवाल को फोन करता था, तो कॉल रिकॉर्डिंग अवश्य कर लेता था। सरायकेला पुलिस के लगातार टालमटोल व्यवहार को देखते हुए 2-3 दिन बाद मैंने राष्ट्रपति महोदया द्रौपदी मुर्मू जी को अपनी शिकायत भेजी। फिर दिनांक 13/08/2024 को मैंने एसआई सतीश बर्नवाल को फोन किया, तो वह मुझ पर भड़कते हुए बोले कि आपने मुझे अब तक सौ बार फोन किया है। तब मैंने उनसे कहा - " मैंने आपको 100 बार फोन नहीं किया है, क्योंकि मैं हर कॉल की रिकॉर्डिंग करके रखता हूं और मेरी गिनती में मैंने अब तक आपको सिर्फ 7-8 बार फोन किया है। क्या करूं,

कानूनी मामला है और अपनी सुरक्षा के लिए ऐसा करना पड़ता है " तब एसआई सतीश बर्नवाल ने गुस्से से फोन काट दिया, फिर थोड़ी देर बाद खुद फोन करके बोले - " अगर आपका केस मेरे इंचार्ज में आया होगा, तो मैं अपना सौ फीसदी दूंगा। आप चिंता न करें, मैं आपके लिए मुंबई तो क्या दुबई भी जाऊंगा " उसके बाद 15 अगस्त 2024 को रीगल बिल्डिंग नॉवेल्टी रेस्टोरेंट के सामने अपनी पुस्तकें बेचने के दौरान एक नशेड़ी ने मेरा मोबाइल मेरे हाथ से छीन लिया। जिसके कारण एक बार फिर से इस धोखाधड़ी केस से संबंधित काफी सबूत नष्ट हो गए थे और मेरे द्वारा राष्ट्रपति महोदया जी को लिखे गए शिकायत का नंबर भी मैंने खो दिया था। मेरे लिए वापस सरायकेला पुलिस थाने जाकर अपनी शिकायत से संबंधित जानकारी प्राप्त करना संभव नहीं था, क्योंकि सरायकेला में ऑनलाइन कैब सर्विस उबेर, ओला और रैपिडो की सुविधा उपलब्ध नहीं है, न ही मेरे अपने सगे भाई मेरी सहायता करते हैं। इसीलिए मैंने दिनांक 19 सितंबर 2024 को आयोजित जन शिकायत निवारण में व्हाट्सएप से इस नंबर 9798302486 पर अपनी शिकायत भेजी। लेकिन मुझे कोई जवाब नहीं मिला, तत्पश्चात मैंने दिनांक 24 सितंबर 2024 को पोस्ट ऑफिस से रजिस्टर्ड चिट्ठी के जरिए अपनी शिकायत सरायकेला थाना प्रभारी को भेजकर उनसे अनुरोध किया कि वो मेरे केस का नंबर और केस से संबंधित कारवाई की जानकारी मुझे ईमेल से भेजें। लेकिन इसके बावजूद सरायकेला थाना प्रभारी की ओर से मुझे कोई जवाब नहीं मिला। उसके बाद मैं दिनांक 21 अक्टूबर 2024 में जिला विधिक सेवा प्राधिकार जमशेदपुर विभाग में गया, ताकि मैं वान्या सिंह राजपूत के विरुद्ध केस दर्ज कर सकूं। जाने से पहले मैं अपने साथ अपनी लिखी हुई पुस्तक भी लेकर गया, क्योंकि यह एक लेखक का धर्म होता है कि वह जब भी किसी समझदार व्यक्ति से मुलाकात करता है, तो उसे अपनी लिखी गई किताब जरूर भेंट करता है। जिला विधिक सेवा प्राधिकार साकची (न्याय सदन) में मेरी मुलाकात राम्या जी से हुई और मैंने उन्हें अपनी लिखी पुस्तक भेंट की। मुझे न्याय सदन में इंतजार करते हुए दोपहर हो गए थे और राम्या जी ने मेरे लिए इडली और चाय मंगवाया। इतने में वहां मौजूद एक पुलिसवाले ने कुछ ऐसा कहा, कि मुझे उसकी बात सुनकर उसपर गुस्सा आ गया था। उस पुलिसवाले ने मुझसे कहा - " क्या सामने एक लड़की को देखकर पैसा दे दिये थे " मैंने उस पुलिसवाले से कहा - " क्या बोल रहे हैं ? सोच-समझकर बोलिये, नहीं तो मैं इसी कोर्ट में आपके ऊपर मानहानि केस कर दूंगा " फिर राम्या जी ने उस पुलिसवाले को समझाते हुए पूरी घटना से उसे अवगत कराया। जिला विधिक सेवा प्राधिकार जमशेदपुर में कार्यरत अधिकारी के सुझाव पर एक आखिरी मौका वान्या सिंह राजपूत को देना चाहा। जिला विधिक सेवा प्राधिकार जमशेदपुर की ओर से बताया गया कि वान्या सिंह राजपूत को एक नोटिस भेजा जाएगा और उन्हें जमशेदपुर जिला विधिक सेवा प्राधिकार के कार्यालय में आकर आपका पैसा लौटाने को कहा जाएगा। तत्पश्चात, मैंने खुद एक आवेदन लिखकर जिला विधिक सेवा प्राधिकार जमशेदपुर विभाग में जमा करा कर लौट आया। लेकिन काफी समय बीतने के बाद भी वान्या सिंह राजपूत की ओर से कोई जवाब नहीं दिया गया। अंततः, मुझे मजबूरी में दुबारा से न्याय सदन साकची में जाना पड़ा। तब राम्या जी के

कहने पर मेरी मुलाकात एक वकील से कराई गई। राम्या जी ने उस वकील से अनुरोध किया कि वो मेरे केस पर मुझे मार्गदर्शन करें, तो उस वकील ने राम्या जी को बताया - " पहले जिसके नाम पर कोर्ट नोटिस भेजा जाता था, वह व्यक्ति नोटिस मिलते ही घबरा जाता था। लेकिन आजकल ऐसा नहीं होता है, मैं सिर्फ मृत्युंजय पोद्दार के लिए केस लड़ सकता हूं " तब मैंने उस वकील से कहा - " जब आप खुद कह रहे हैं कि अब कानून में वो बात नहीं रही, तो फिर मेरे ऐसे केस लड़ने का क्या फायदा है " उस वकील ने मुझसे कहा - " आपके लिए अलग से कानून थोड़ी बनेगा, हमें भी संविधान की धाराओं के मुताबिक चलना पड़ता है " मैंने उस वकील को दो-टूक जवाब दिया - " जब तक कोई नई समस्या सामने ही नहीं आएगी, तो नया कानून कैसे बनेगा। मुझे आपके हिसाब से नहीं चलना है और मुझे क्या करना है, यह मैं देख लूंगा। वैसे भी मेरे लिए यह एक मानहानि का केस है " फिर मैंने उस वकील को अपनी लिखी हुई किताब - मां कहानी एक समर्पण की, की एक प्रति देकर वापस लौट आया। न्याय सदन में कार्यरत राम्या जी मेरी मदद करने की मंशा अवश्य रखती थी, लेकिन वैसे वकीलों के रहते हुए वो भी मेरे लिए कुछ नहीं कर सकती थी और मैं इसके लिए उन्हें कभी भी दोष नहीं देना चाहूंगा। क्योंकि यह एक छोटा-सा मुद्दा था और ना तो सरायकेला पुलिस ने मेरी कोई सहायता की, ना ही बांगूरनगर पुलिस ने मेरी कोई सहायता की। मैंने अभिनेत्री वान्या सिंह राजपूत को कई तरह से समझाने का प्रयास किया, कानूनी कारवाई की धमकी भी दी। लेकिन इस दौरान मैं अपनी मर्यादा में ही रहा। न तो मैंने वान्या सिंह राजपूत से कोई बदतमीजी की, न ही उनसे गाली-गलौज की और न ही किसी प्रकार की अमर्यादित व्यवहार अपनाया। वान्या सिंह का निजी मोबाइल नंबर होने के बावजूद तर्कसंगत बातों से मैं उन्हें समझाने का प्रयास करता रहा। वान्या सिंह राजपूत की घर का पता होने के बावजूद मैंने उनके पते पर 4 बार अपनी लिखी हुई पुस्तक भेजी थी। मैंने वान्या सिंह राजपूत के घर का पता किसी को भी साझा नहीं किया, न ही उनके घर के पते पर किसी को धमकी देने के लिए भेजा था। वान्या सिंह राजपूत की ओर से मुझसे धोखाधड़ी करने के बावजूद मैंने उनकी निजता का पूरा ध्यान रखा और उनकी महिला होने का सम्मान भी बचाए रखा। वान्या सिंह राजपूत ने न केवल मेरे साथ धोखाधड़ी की है, बल्कि मेरी लिखी पुस्तक को स्वीकार करते हुए पैसे लेने के बाद भी सोशल मीडिया पर विज्ञापन नहीं कर समाज की सभी महिलाओं और मुझ जैसे विकलांग का अपमान किया है। मेरे द्वारा साफ-सुथरा आचरण रखने के बावजूद वान्या सिंह राजपूत ने मुझपर रेप और छेड़छाड़ जैसा ओछा आरोप लगाया, मेरे लिखी हुई पुस्तक को अश्लील कहा था। सरायकेला पुलिस ने उनकी बातों को सत्य मानकर बिना कोई जांच-पड़ताल के एकतरफा फैसला सुना दिया कि मैं ही गलत हूं। अपराध करने वाला अपराधी होता है, न कि एक महिला या एक पुरुष। इसीलिए मैं वान्या सिंह राजपूत पर मानहानि का केस दर्ज कराना चाहता था। मैंने हर संभव प्रयास किया कि छोटा-सा मुद्दा छोटी-सी बात पर ही निपटा दिया जाये, लेकिन ऐसा नहीं हुआ। क्योंकि वान्या सिंह राजपूत का अपराध संगीन अपराध नहीं माना जाएगा, बल्कि अति-संगीन अपराध माना जाएगा। इस पूरे घटनाक्रम में वान्या सिंह राजपूत ने सोशल मीडिया का

इस्तेमाल पैसों की धोखाधड़ी करने और दुष्कर्म जैसे संवेदनशील आरोप लगाने की धमकी देने के लिए किया है। अगर इस मामले में वान्या सिंह राजपूत पर कारवाई नहीं हुई, तो कोई भी सोशल मीडिया का उपयोग करने वाली महिला किसी पर भी जानबूझकर छेड़छाड़ करने या दुष्कर्म केस करने जैसी धमकी देने में सोशल मीडिया का दुरूपयोग करने लगेगी। इस घटना के बाद वान्या सिंह राजपूत ने अपने सभी सोशल मीडिया अकाउंट में 2 बार अपना नाम बदल लिया है। धोखाधड़ी करने के कुछ महीने पश्चात आरोपी वान्या सिंह राजपूत ने अपनी सभी सोशल मीडिया प्रोफाइल पर अपनी नाम बदलकर **Vaanya Singh Rajput (Aakansha Chandel)** से **Divyaa Singh** कर लिया। उसके बाद आरोपी वान्या सिंह राजपूत ने दुबारा से अपनी फेसबुक, इंस्टाग्राम और यूट्यूब पर नाम बदलकर **Lavanyaa Singh** कर लिया। इससे पता चलता कि आरोपी वान्या सिंह राजपूत उर्फ दिव्या सिंह उर्फ लावन्या सिंह ने अपनी सोशल मीडिया अकाउंट सिर्फ लोगों को भ्रमित करने और वित्तीय रूप से धोखाधड़ी करने के लिए खोला है। वर्तमान में अभिनेत्री वान्या सिंह राजपूत कलर्स चैनल पर प्रसारित होने वाली धारावाहिक - दुर्गा : एक अटूट प्रेम कहानी, में नेगेटिव रोल का किरदार निभा रही है और उसने अपनी नाम बदलकर लावण्या सिंह रख लिया है। अभिनेत्री वान्या सिंह राजपूत खुद एक कलाकार होकर भी मेरी पुस्तक को हासिल करने के बाद भी उसका सोशल मीडिया पर विज्ञापन नहीं करने और पुस्तक को अश्लील बताकर मेरी कला का भी अपमान किया है। वर्तमान में इस घटना को लेकर सरायकेला पुलिस थाने में मेरे 4 पीएमओ और 4 राष्ट्रपति महोदया जी का शिकायत लंबित पड़ा हुआ है। क्योंकि मैं जानता हूं कि सरायकेला पुलिस इन शिकायतों पर रिपोर्ट बनाने के अलावा और कुछ भी नहीं करेंगी, इसीलिए मैं भी देखना चाहूंगा कि वो कितनी रिपोर्ट बना सकते हैं। आखिरकार, उन्हीं रिपोर्ट के पन्नों पर उन सभी पुलिसवालों को भुजे हुए चने और झालमूड़ी जो खाने हैं। वास्तविकता तो यह है कि झारखंड पुलिस और खासकर, सरायकेला पुलिस में पीड़ित व्यक्ति को न्याय दिलाने की औकात नहीं है। यह सिर्फ कमजोर लोगों पर अपनी धौंस जमाना जानते हैं और पैसेवाले ताकतवर लोगों के जूते पॉलिश करना जानते हैं। इसके अलावा एक कड़वा सच यह भी है कि सरायकेला पुलिस किसी भी शिकायत को गंभीरतापूर्वक अच्छी तरह से पढ़ते नहीं है, आधा-अधूरा शिकायत को पढ़कर और उसपर अपनी मनमानी रिपोर्ट बनाकर अपने ऊपर बैठे उच्चाधिकारियों को भेज देते हैं। क्योंकि अगर वो मेरी लिखी हुई शिकायतों को गंभीरतापूर्वक पढ़ते, तो उन्हें अपनी बदन पर वर्दी को धारण करने में भी शर्मिंदगी महसूस होती। लेकिन क्या करें, झारखंड की न्याय-व्यवस्था मुर्ख और अनपढ़ों के हवाले की गई है। मुझे तो खुद पर इस बात का गर्व है कि शारीरिक रूप से असक्षम होते हुए भी मैं एक पढ़ी-लिखी और सक्षम अभिनेत्री वान्या सिंह राजपूत को 17 हजार रूपऐ की भीख देने की क्षमता रखता था, लेकिन भीख भी सम्मान के साथ हासिल किया जाता है। किसी को झूठ बोलकर और धोखाधड़ी कर पैसे हड़पने को, उस व्यक्ति की भावनाओं का फायदा उठाकर पैसे ऐंठने का घिनौना अपराध माना जाता है। ऐसा करके क्या मिला आपको वान्या सिंह राजपूत, किसी को तकलीफ पहुंचा कर। क्या

मिला आपको, किसी की आंखों में आंसू लाकर। क्या मिला आपको, किसी को चंद पैसों के लिए धोखा देकर। सिर्फ चंद पलों का सुकून, चंद पलों की खुशी या फिर आपके दिल को मिली चंद पलों की ठंडक। लेकिन क्या यह चंद पलों का सुख आपके जीवन के अंतिम क्षणों तक के लिए स्थायी रहेगा। इंसान का किया हुआ कर्म, उसके जीवन में वापस लौटकर आता है। इसीलिए हर इंसान को अपना कर्म सोच-समझकर करना चाहिए, ताकि समय आने पर वह अपने कर्मों का जवाब देने में सक्षम हो। भगवान का न्याय तो मनुष्य के जीवन की समाप्ति के बाद होता है, इस संसार में रहते हुए ही न्याय प्राप्त करना मनुष्य का प्रथम कर्तव्य होता है। अहंकार आप में भी था और अहंकार मुझमें भी था, आपका अहंकार आपसे निरंतर गलतियां कराता जा रहा था और मेरा अहंकार मुझे आपको लगातार आपकी भूल को सुधारने का मौका देने के लिए प्रेरित कर रहा था। जब माचिस की तीली सुलगती है, तो उसकी आग मामूली-सी दिखाई देती है और वह इतनी कमजोर होती है कि हल्की-सी फूंक से ही बुझ जाती है, मगर उस मामूली-सी आग में इतनी शक्ति होती है कि बड़े से बड़े भूसे के ढेर को भी मिनटों में जला कर राख कर सकती है। उसी प्रकार एक छोटी-सी दिखने वाली अपराध कब एक बड़ी अपराध में बदल जाए, यह कोई नहीं जानता है। इस अपराध को अंजाम देने के बाद 2 बार वान्या सिंह राजपूत ने अपना नाम बदला था और मैंने न तो अपना नाम बदला, न ही घर का पता बदला और न ही अपनी सोशल मीडिया अकाउंट से अपना नाम बदला है। मेरी यह कहानी मुझे जानने वाले लोगों की नजरों में महान भी बना सकता है और या फिर उनकी नजरों में हमेशा-हमेशा के लिए गिरा भी सकता है, मैं यह फैसला उनके हवाले करता हूं। मुझे नतीजे से डर नहीं लगता है और जो भी होगा, मैं उसका सामना अवश्य करूंगा। मैं इंसान के खिलाफ हूं, इंसानियत के खिलाफ नहीं। अर्थात्, जिस इंसान में इंसानियत ही न हो, वह इंसान कैसा ? मृत्युंजय पोद्दार सिर्फ एक नाम मात्र नहीं है, बल्कि एक ब्रांड है और ब्रांड तो हर वक्त, हर जगह चलता है। जिंदगी में एक बात हमेशा याद रखना, अपने ब्रांड का ब्रांड एंबेसडर खुद बनों। ऐसा करोगे, तो लोग तुमसे जुड़ पाएंगे और तुम्हें समझ पाएंगे। मैं झारखंड की न्यायप्रणाली से न्याय की भीख नहीं मांगूंगा, क्योंकि यह मेरा अधिकार है और मैं अपना अधिकार छीनकर हासिल करने में विश्वास रखता हूं। मृत्युंजय पोद्दार अपना न्याय खुद करता है। मुझे झारखंड सरकार से प्राप्त विकलांगता प्रमाणपत्र सरकारी सुविधाएं हासिल करने के साथ-साथ यह अधिकार भी देता है कि कोई भी सरकारी अधिकारी बेवजह मुझे कहीं भी बुला नहीं सकता है। बल्कि, मैं जहां भी रहूं और वहां तक पहुंचकर मुझे सुविधा प्रदान करना प्रशासनिक अधिकारियों का फर्ज बनता है। इसके बावजूद मैं रुका नहीं, बल्कि लगातार ऑनलाइन शिकायतें माननीय प्रधानमंत्री जी और राष्ट्रपति जी को भेजता रहा। इस प्रकार मेरे कुल 10 शिकायतें सरायकेला पुलिस विभाग में पहुंच गए थे, 5 पीएमओ के और 5 राष्ट्रपति महोदया जी को भेजें गए शिकायत थें। मैं अच्छी तरह से जानता हूं कि सरायकेला पुलिस मेरी इन शिकायतों पर मनमानी रिपोर्ट बनाने के अलावा और कुछ भी नहीं करेंगी। मैं भी लगातार शिकायतें दर्ज करना बंद नहीं करूंगा। हर बार ऐसा ही होता रहा, सरायकेला पुलिस जानबूझकर मेरी शिकायत को

गंभीरता से न लेकर दबाने लगी थी। तब मैंने अपने पैंतरे बदलते हुए 16 शिकायतें और प्रधानमंत्री जी और राष्ट्रपति महोदया जी के नाम पर भेजे। इस बार मैंने जिला दंडाधिकारी, पुलिस अधीक्षक, डीएसपी और थाना प्रभारी को भी लपेटे में लेते हुए अपनी शिकायतों में उनके विरुद्ध ऐसे शब्दों का प्रयोग किया था, जो एक अच्छे और काबिल व्यक्ति के विरुद्ध कभी नहीं किया जा सकता था। खासतौर पर, मैं ऐसे शब्दों का अपने जीवन में कभी भी प्रयोग नहीं करता हूं। लेकिन मेरे केस में मेरे लिए ऐसा करना जरूरी था, क्योंकि न्यायिक और प्रशासनिक विभाग में कार्यरत अधिकारी अपनी औकात भूल गए थे। वो यह बात भूल गए थे कि एक सरकारी अफसर, फिर चाहे वह कितने भी ऊंचे पद पर कार्यरत क्यों न हो, वह जनता का नौकर (पब्लिक सर्वेंट) ही होता है और ना कि जनता का मालिक। फिर एक सरकारी अफसर कैसे अपनी सीमा भूल जाते हैं और जनता पर रौब जमाने की कोशिश करते हैं। मेरे लगातार पीएमओ में 26 शिकायतें करने के बाद जाकर सरायकेला थाना प्रभारी सतीश बर्नवाल दिनांक 19 मार्च 2025 को खुद अपनी टीम के साथ बिष्टुपुर स्थित रीगल बिल्डिंग नोवेल्टी रेस्टोरेंट के सामने आकर मुझसे मुलाकात की और अपने साथ सरायकेला थाना चलने को कहा। उस वक्त मैं फुटपाथ पर अपनी किताब बेच रहा था, मैंने थाना प्रभारी सतीश बर्नवाल से कहा कि वह मेरी किताब समेटने में मेरी मदद करें। लेकिन उन्होंने मेरी मदद करने से इंकार कर दिया और अपने सहकर्मी पुलिसवालों को भी ऐसा करने से मना कर दिया। मैंने बहुत मुश्किल से अपनी किताबें समेटकर अपनी टेंट के अंदर रखा। क्योंकि मैं नोवेल्टी रेस्टोरेंट बिष्टुपुर के सामने फुटपाथ पर अपनी एक टेंट में रहता था, ताकि बरसात में मेरी किताबें सुरक्षित रहे। पुलिस गाड़ी में बैठाने के बाद थाना प्रभारी सरायकेला थाना चल पड़ा। चलती गाड़ी में मैंने अपनी मोबाइल पूरी ईमानदारी से थाना प्रभारी को पकड़ा दिया, तो थाना प्रभारी सतीश बर्नवाल ने इस बात का भरपूर फायदा उठाते हुए मुझे धमकी देने लगा - " पुलिस को हिजड़ा बोलते हो, अभी चल तेरा एनकाउंटर करते हैं " फिर गाड़ी के ड्राइवर को थाना प्रभारी ने कहा - " इस साले को इसी बड़ी ट्रेलर के सामने फेंक देते हैं " फिर थाना प्रभारी ने मेरे साथ बदतमीजी से पेश आते हुए बोला - " साला लंगड़ा-लूला, माद.... " यह सुनकर मुझे भी गुस्सा आ गया, तो मैंने थाना प्रभारी सतीश बर्नवाल से कहा - " तमीज से बात कीजिए, आपकी भी मां होगी और आप भी किसी मां की गर्भ से जन्म लिये हैं " मेरी इस बात पर थाना प्रभारी सतीश बर्नवाल ने पूरे ताव से कहा - " तोहरे माई के पेट से जन्म लिये हैं। अभी तेरा एनकाउंटर करवाते हैं, क्या बिगाड़ लेगा तू मेरा। सरायकेला थाना मेरा है, वहां मेरी मर्जी चलती है " थाना प्रभारी सतीश बर्नवाल की बात सुनकर मैं पूरे तेवर के साथ आराम से बैठे-बैठे यह सोचकर मुस्कुराने लगा कि यह बेवकूफ थाना प्रभारी मेरे जैसे लेखक को चुनौती देने की भूल कर रहा है, वो यह भूल गया है कि अगर एक लेखक अपनी कलम उठा लें, तो सामनेवाले की पूरी जिंदगी बर्बाद हो जाती है। क्योंकि एक लेखक की सबसे बड़ी ताकत है - शब्द। शब्द की वजह से ही यह सृष्टि अस्तित्व में आई थी और ऋषि वाल्मीकि के लेखन की वजह से ही भगवान विष्णु जी को राम अवतार लेने की प्रेरणा मिली थी। उसी लेखक की लेखन शैली को यह बेवकूफ

थाना प्रभारी हल्के में ले रहा था। मुझे मुस्कुराते हुए देख थाना प्रभारी सतीश बर्नवाल ने गाड़ी में बैठे बाकी पुलिसवालों से कहा - " इस साले को कोई डर ही नहीं है, कितने आराम से सीना तानकर बैठा हुआ है " सरायकेला पहुंचने पर थाना प्रभारी ने एक होटल में रूककर नाश्ता किया और मुझे भी नाश्ता कराया। इस दौरान थाना प्रभारी सतीश बर्नवाल ने मुझसे पूछा - " मैं तुम्हें कैसा इंसान लगता हूं ? " तब मैंने उन्हें जवाब दिया - " मिस्टर बर्नवाल, इंसान कोई बुरा नहीं होता है। परिस्थितियां इंसान को बुरा बना देती है " मेरी बात सुनकर थाना प्रभारी सतीश बर्नवाल ने बाकी पुलिसवालों के सामने मेरी तारीफ करते हुए कहा - " अच्छा लड़का है यह, दिल का बुरा नहीं है। बस, वह हिरोइनवा ही बदमाश है " फिर थाना प्रभारी सतीश बर्नवाल ने मेरे मंझले भाई को भी थाना में आने को कहकर मुझे अपने साथ थाने ले गया। हालांकि, मुझे यह पता नहीं चला कि थाने में मेरे मंझले भाई को भी बुलाया गया है। इसीलिए मैंने थाना प्रभारी सतीश बर्नवाल से सवाल किया - " इन्हें यहां क्यों बुलाया गया है " थाना प्रभारी सतीश बर्नवाल - " चिंता की बात नहीं है, आपके भाई को अभिभावक होने के नाते बुलाया गया है " तब मैंने थाना प्रभारी सतीश बर्नवाल से साफ-साफ कह दिया - " बिल्कुल भी नहीं, मेरी इनसे बिल्कुल भी नहीं बनती है। वैसे भी यह मेरी लड़ाई है और मुझे किसी और के सहयोग की आवश्यकता नहीं है " तब मेरे मंझले भाई थाने से चले गए, हालांकि ऐसा व्यवहार करके मैंने उनका बचाव ही किया था। क्योंकि वह यह नहीं जानते थे कि यह मुद्दा कितना गंभीर था और वैसे भी उनका मेरे मसले में शामिल होना मेरे लिए ही मुश्किलें खड़ी कर सकता था। खैर, मेरे मंझले भाई के जाने के बाद थाना प्रभारी सतीश बर्नवाल ने आरोपी अभिनेत्री वान्या सिंह राजपूत को फोन किया। थाना प्रभारी सतीश बर्नवाल मेरे सामने अभिनेत्री वान्या सिंह राजपूत को फोन न कर, अकेले में उससे बातें करने लगा। इस दौरान थाना प्रभारी सतीश बर्नवाल की बात मेरे कानों में पड़ी - " इनका पैसा दे दीजिए और कुछ मेरे लिए खर्चा पानी भेज दीजिएगा " यह बात मेरे कानों में पड़ते ही मैंने थाना प्रभारी से आपत्ति जताई कि आपको बात करना है, तो मेरे सामने करिये " तब जाकर थाना प्रभारी सतीश बर्नवाल ने मेरे सामने ही बैठकर अभिनेत्री वान्या सिंह राजपूत से व्हाट्सएप विडियो कॉल पर बातें की। इस दौरान अभिनेत्री वान्या सिंह राजपूत मुझ पर झूठे और गंदे आरोप लगाने लगी - " यह लड़का बदमाश है, मुझे जानबूझकर परेशान कर रहा है " तब मैंने झट से उसे जवाब दिया - " यहां कोई फिल्म शूटिंग नहीं हो रहा है, तो इसीलिए आप फिल्मी डायलॉग बोलना बंद कीजिए " अभिनेत्री वान्या सिंह राजपूत ने थाना प्रभारी सतीश बर्नवाल से कहा कि मुझे मृत्युंजय पोद्दार पर बिल्कुल भी भरोसा नहीं है और इसीलिए पहले मृत्युंजय पोद्दार ने सादे कागज पर लिखवाइए कि पैसा मिलने के बाद मृत्युंजय पोद्दार मेरा मोबाइल नंबर और एड्रेस सबकुछ डिलीट कर देगा। मैंने थाना प्रभारी सतीश बर्नवाल से कहा - " ठीक है, अगर मुझे पूरा पैसा मिल जाता है तो मैं लिख कर दे दूंगा और सारा सबूत भी डिलीट कर दूंगा " लेकिन वान्या सिंह राजपूत ने पहले मुझे सादे कागज पर लिखकर देने को कहा, तब मैंने साफ मना कर दिया। फिर गिरगिट की तरह रंग बदलते हुए अभिनेत्री वान्या सिंह राजपूत थाना प्रभारी सतीश बर्नवाल से बोली - " मैं इस वक्त

अस्पताल में हूं और आप एक हॉस्पिटल में भर्ती महिला को परेशान नहीं कर सकते हैं " इस पर थाना प्रभारी सतीश बर्नवाल को भी गुस्सा आ गया, क्योंकि वह लगातार अभिनेत्री वान्या सिंह राजपूत का पक्ष लेते हुए उसे बचाने का प्रयास कर रहा था और उस बेवकूफ स्त्री ने उल्टे थाना प्रभारी सतीश बर्नवाल पर ही आरोप लगाना शुरू कर दिया। तब मजबूरन थाना प्रभारी सतीश बर्नवाल ने मेरी एफआईआर को धारा 318 भारतीय न्याय संहिता के तहत दर्ज कर लिया। मेरी शिकायत दर्ज करने के बावजूद थाना प्रभारी ने जानबूझकर कमजोर धारा लगाया था क्योंकि मेरे केस में कल 6 धारा लगायें जाने थे, जो इस प्रकार है :-

1. **Section 75 of the Bharatiya Nyaya Sanhita (BNS)** (यौन संबंध बनाने की मांग करना)
2. **Section 318 BNS** (पैसे की धोखाधड़ी)
3. **Section 319 (previously IPC Section 419)** (सोशल मीडिया से धोखाधड़ी करना)
4. **Section 352** (मां-बाप के नाम पर गाली देना)
5. **The Bharatiya Nyaya Sanhita (BNS) Section 32** (जान मारने की धमकी देना)
6. **Section 92 of the Rights of Persons with Disabilities Act, 2016** (अपाहिज बोलकर अपमानित करना)

इस प्रकार सरायकेला थाना में मेरी केस दर्ज करने के बाद मुझे रात को 11 बजे घर पहुंचाया गया और फिर मेरे केस का इंचार्ज दिया गया एएसआई मिंटू सिंह को, जिसने मुझे दिनांक 22/03/2025 को सरायकेला थाने में गवाह और सबूत पेश करने के लिए बुलाया था, उस वक्त मैं बिष्टुपुर के रमादा होटल में एक न्यूज़ चैनल सोशल संवाद के सातवीं वर्षगांठ पर भाग लेने गया हुआ था। इसलिए मैं दूसरे दिन दिनांक 23 मार्च 2025 को सुबह 10 बजे बिष्टुपुर से अकेले ही जाकर सरायकेला थाने में हाजिर हुआ और अपनी केस से संबंधित सभी सबूत और गवाह पेश किये। लेकिन कई दिन बीत गए और मेरे केस में सरायकेला पुलिस ने कोई भी कारवाई नहीं किया, तत्पश्चात कुछ दिनों के बाद एएसआई मिंटू सिंह का दूसरे जगह ट्रांसफर कर दिया गया। इसलिए एक बार फिर से मैंने पीएमओ और राष्ट्रपति महोदया जी को शिकायतें भेजना शुरू किया। लेकिन इन शिकायतों को सरायकेला थाना प्रभारी मनमानी ढंग से बंद करके झूठा रिपोर्ट बनाकर भेजने लगे और यहां तक कह दिया कि मृत्युंजय पोद्दार ने केस से संबंधित कोई भी गवाह या सबूत पेश नहीं किया है। लेकिन फिर भी मैंने अब तक हार नहीं माना है और तब तक नहीं मानूंगा, जब तक कि मैं इस बकवास सिस्टम को सुधार नहीं देता। साथ ही, मेरे केस के मुख्य आरोपी अभिनेत्री वान्या सिंह राजपूत को मैं कड़ी से कड़ी सजा न दिलवा दूं।

मैं जो भी कर रहा हूं, बिल्कुल सही कर रहा हूं। पर आपको क्या लगता है, क्या मैं गलत हूं या फिर सही हूं ?

खैर, इस सच्ची घटना ने एक कहानी को जन्म दिया है और मेरी पूरी कोशिश होगी कि मैं वह कहानी लिखकर आपकी खिदमत में पेश कर सकूं। जल्द ही.................!

हर चेहरा होगा **बेनकाब**

(भाग 2)

" होई हि सोइ, जो राम रचि राखा " इसका मतलब यह है कि जो कुछ भी भगवान राम (ईश्वर) ने पहले से ही लिख रखा है, वही होगा। ॐ साई राम।

समस्या किसके जीवन में नहीं आता है, मनुष्य का तो समस्याओं से गहरा नाता है। कोई ऐसी घटना, कोई ऐसी बात, कोई ऐसा दुख या फिर कोई ऐसा सवाल और जिसका नहीं है आपके पास कोई भी जवाब। अब आप निश्चित हो जाइए और अपनी समस्याएं बेझिझक मुझसे साझा करें, मैं आपको उचित मार्गदर्शन करूंगा। आप अपनी समस्याएं मुझे ईमेल से भेजें और मैं आपको उचित मार्गदर्शन करूंगा। आपके पहले सवाल का पहला जवाब बिल्कुल निशुल्क प्रदान किया जाएगा।

Connect With Me :-

1. **Facebook Page - Mritunjay Poddar**
2. **E-mail :- bestsellingauthor.mjpoddar@gmail.com**

अगर आप भी अपने जीवन की कोई ऐसी घटना मुझसे शेयर करना चाहते हैं, जो किसी को भी आप बताने से झिझक रहें हैं। फिर आप निश्चित होकर मुझसे अपनी उस घटना या अपने जीवन की सच्ची कहानी को साझा कर सकते हैं। मैं आपके जीवन में घटी घटना या सच्ची कहानी को आवाज दूंगा और उसे शब्दों के रूप में समाज के सामने पेश

करूंगा। लेकिन ध्यान रहे, आपके द्वारा बताई गई घटना ऐसी हो, जिसे एक मुद्दे के तौर पर समाज के सामने रखा जा सके और जो समाज में बदलाव की क्रांति ला सकें।

अपनी कहानी भेजें :-

E-mail :- bestsellingauthor।mjpoddar@gmail।com

मेरे द्वारा लिखी हुई और भी पुस्तकें अमेजन और फ्लिपकार्ट पर उपलब्ध है। कृप्या, उन पुस्तकों को भी अवश्य पढ़ें। अपने मोबाइल पर अमेजन या फ्लिपकार्ट ऐप्स खोलें या फिर गूगल पर जाकर सर्च करें :- **Mritunjay Poddar Books**।

1. नवज्ञान
2. नवज्ञान 2
3. नो स्मोकिंग
4. लव रिवॉल्यूशन
5. 100 रुपीस टिप मनी
6. पड़ोसन - जरा बचके, जरा हटके
7. अनसुनी कहानियां - बदलते जमाने की
8. मां - कहानी एक समर्पण की
9. महिमा की महिमा
10. एक फरेबी हसीना

मेरे जीवन से जुड़ी संघर्षों के बारे में जानने के लिए गूगल पर जाकर सर्च करें :- **Mritunjay Poddar News**

मुझे अपने जीवन में और भी बेहतरीन कहानियां लिखनी है, यह आपके द्वारा दिए गए प्यार, सम्मान और सहयोग के बिना मुश्किल है। अगर आप अपनी स्वेच्छा से मेरी सहायता करना चाहते और यह चाहते हैं कि मैं आपके लिए दुनिया की सबसे बेहतरीन कहानियां लिखूं, तो आप इसके लिए नीचे दिए गए क्यूआर कोड पर अपनी सहयोग प्रदान कर सकते हैं। कृप्या, क्यूआर कोड को स्कैन करने के बाद अच्छी तरह से प्रमाणित कर लें कि उसमें मेरा ही नाम प्रदर्शित हो रहा है :- **Mritunjay Poddar**

Google Pay
Mritunjay Poddar
+91 82107 32307
Scan & pay
UPI ID: 8210732307@okbizaxis
BHIM UPI
G Pay Paytm PhonePe